# Kenavo

Serge Joncour

# Kenavo

Pas une vie d'assumer ses ancêtres, pas une vie de faire reluire l'antériorité, d'autant que la vérité vraie de cette histoire, signe que les lignées procèdent pour beaucoup de la mégarde, c'est que les nôtres auront tout bonnement confondu le cap Horn avec le rocher de Gibraltar. C'est comme ça qu'ils auront sincèrement débarqué sur les côtes de Californie, le physique en berne et les rêves au solstice, quelque part entre Le Lavandou et Cassis.

C'est de là que leur est venu le goût de naviguer, aux aïeux, de cette idée assez peu préparée de décrocher la barque à fond plat qui leur servait d'enseigne et de s'embarquer à six là-dessus pour déjouer la chose marine… On n'a pas idée non plus de se balancer sur le grand large sans le moindre sens de l'orientation, et pas plus de cartes que d'instruments, rien qui valide un tant soit peu l'intuition.

Quant à l'impérieuse nécessité qui les amena à l'excursion maritime, cette pieuse urgence qu'on voudrait faire passer pour de l'abnégation politique, à ce que j'en sais, elle procédait d'idéaux nettement moins indécrochables. Le coup des chemises noires du ricin et des bottes, le coup de se faire virer de la péninsule sans même avoir le temps de fermer la boutique, tout ça sent le prétexte à plein nez. Pour la famille, par contre, il n'y a là que du véridique, du certifié, ce sont bien nos aïeux en rupture de régime qui auront fait de nous de « l'immigré italien », nos ancêtres comme autant d'inflexibles transportés de nobles causes et de conceptions salubres, pur modèle de phalanstère exalté par l'exil. Évidemment, c'est plutôt flatteur de se savoir issu d'une lignée de rebelles, fort de ça on se vit soi-même comme un écho de cette bravoure-là, un lointain éclat.

Seulement la vérité est comme tout miroir, il y a souvent plus d'avantages à le tenir à l'envers qu'à l'endroit. Pour dire vrai, le prestige de nos souches, comme tant d'autres bravoures de l'Histoire, est de ces trophées qu'il faut sans cesse faire reluire, de ces médailles qui supposent le lustrage, sans quoi on se mire dans le terne, on se revit mal. Pour dire vrai, le drame des drames, ce sommet d'infamie qu'il faudrait taire et occulter, c'est qu'en fait de grands frondeurs italiens, les ancêtres n'étaient ni plus ni moins que des Bretons, pure souche même, et qu'en guise de noble cause l'odieux régime qui leur aura mis le vent en poupe, ce régime d'exception qui les vira du site, ne fut jamais rien d'autre que le régime de l'impôt… C'est à cause de ce fléau, cette famine de l'espoir, ce dispensateur d'agonie, que nos malheureux aïeux auront dû gicler du site, et sous prétexte que la France ne fait toujours pas partie de la Bretagne, qu'elle n'est dans le fond rien d'autre qu'un pays mitoyen, depuis toujours ils éludaient le système de l'État souverain. Depuis Colbert nos grands-pères omettaient le percepteur, depuis Colbert ils faisaient mine de ne pas recevoir le courrier, allant même jusqu'à refuser la poignée de main au facteur, et chahuter l'huissier quand le besoin s'en faisait sentir. Et en plus de trois siècles ils ne se seront jamais fendus du moindre petit mot d'excuse pour signifier le délai, rien qui tente d'amadouer qui que ce soit, ou de désamorcer les procédures.

Pas de quoi nous plaindre ou nous blâmer, pas de quoi porter sur nous le doigt qui fait blêmir le renégat, d'autant que dans la famille tous étaient fiers d'avoir subtilement rebidouillé la généalogie, enchantés d'avoir miraculeusement basculé de Paimpol au transalpin, s'épargnant de fait toute réclamation au sujet des arriérés.

De sorte qu'à ce jour, autant par goût de la contradiction que par opiniâtreté, de cette prodigieuse lignée plus ou moins contrefaite, j'étais le seul vrai Breton, le seul en tout cas à l'assumer vraiment.

Aujourd'hui, la valeur de toute chose, sa texture d'apparat, tient surtout dans ce qu'elle recèle d'Histoire. Qu'un lit de camp ait bordé Henri IV ou qu'un miroir ait reflété les fondements de l'Empereur, et de suite il s'en trouve inestimable. De là la manie de l'historique, l'opuscule didactique, celui qui vise à exalter le patrimoine en pointant le sceau du rite, faire en sorte que les gens se disent que c'est du vrai, de l'authentique, tout ça parce que l'idée remonte à loin. De nos jours, le moindre navet qu'on cultive est hanté par le culte de l'orthodoxie, et que ce soit le pain à l'ancienne ou le vin vendangé à la main, dès lors qu'on retrouve dans le trajet du produit un détour qui l'ancre dans la tradition, il en retire aussitôt une surcote qui confine à la surestimation. L'historique, sous forme d'un petit dépliant calé là près de la caisse, c'est le point de vertu qui valide tout, le certificat d'un savoir-faire validé par l'usage, le petit *plus* qui fidélise le chaland et fait que le prix s'accentue.

En ce qui nous concerne, inutile de remonter dans les annales pour savoir que la poissonnerie est à coup sûr le plus vieux métier du monde – même si bon nombre d'activités lui disputent le titre –, de fait on avait donc toute légitimité à verser nous aussi dans la genèse, à brosser le déroulé du rite dans un opuscule coquet.

Plutôt que de délivrer le pedigree de chacun de nos poissons, l'idée, c'était de mettre le nôtre en avant : les Établissements Combi, princes de l'eau de mer et priseurs de grand frais, spécialistes de la Méditerranée en tout genre, écumeurs d'insondable et trieurs de faux du vrai, les Combi, poissonniers de père en fils, et ce depuis des siècles.

Le point fort aurait été de faire reluire la boutique sous le sceau du symbole, de mettre en avant la résolution politique de nos ancêtres comme on le ferait d'un fait d'armes ou d'un brevet, ne doutant pas que ce refus définitif qui avait fait leur marque, cette insoumission fondatrice, marquait bien que, chez les Combi, on n'était pas du genre à transiger.

Après tout, notre version de l'histoire était des plus envisageables, le coup du phalanstère sous-communiste sauvé de la noyade par le coup de reins du cétacé, cette poignée d'exaltés délivrée du fascisme par une baleine républicaine, animal qui selon leurs dires les aurait halés sur plus de mille milles ; il va sans dire que tout ça se tenait…

Suite à quoi il y avait eu ce serment qu'ils se seraient fait, une fois échoués sur leur rivage, de ne plus jamais quitter l'asile souverain de la patrie salvatrice et de poser là les nouvelles bases de la dynastie…

De là les Établissements Combi, Combi de chez Combi, structure familiale où on marine tous à ce jour, dans les relents de grand large et sous l'enseigne du même nom.

C'était donc en vue de divulguer nos racines que tous ici étaient décidés à concevoir une brochure, le genre d'opuscule tout couleur et en papier glacé, une merveille d'argumentaire où l'exil aurait valeur de mythe, avec la traversée des aïeux en morceaux de bravoure, et avec ça, des décors d'ombres craintes et des vertiges d'eaux glacées, un climat de valorisation qui, au-delà de l'héroïsme que recèle la démarche, ferait ni plus ni moins ressortir les Combi comme des vrais fils de l'onde, des spécimens jaillis tout droit de l'Histoire et comme infusés de la marée.

Le bénéfice de la manœuvre, en plus de patenter une bravoure bien légitime pour quiconque s'extirpe d'une répression quelle qu'elle soit, ne manquerait pas à coup sûr de rejaillir sur le prix du poisson qu'on vendait.

Le poisson agile qui me suit là sur le scooter, le fin du fin du dessus du panier, c'est le tout frais pêché des hautes mers, de ces prises célestes qu'on retrouve aux cartes de la corniche, des trouvailles qui finissent de barboter dans l'Yquem, dissipant le fondant dans des sauces à trois chiffres.

Avec ça, je trace dans le vent du large, poussé par les ruelles, j'apporte ma touche à ce vent toujours tiède ici, sinon chaud, des siroccos débarqués tout droit de l'Afrique, des mistrals enlevés, aux accents d'aneth, de fenouil et d'envies.

Pour aller livrer le Miramar, il faut avoir le scooter habile. Déjà il faut remonter la côte jusqu'au parterre du palace, un délicieux rond-point que les limousines arrondissent, et, une fois là-haut, additionner le maximum de tours avant que les portiers ne réagissent.

Ce jour-là, manque de bol, à peine atteint le demicercle que déjà le personnel me coince, à croire que pour une fois ils sont en jambes, ou qu'ils attendent de ces arrivages de première qui plafonnent dans les suites, de ces éminences qui font le parterre en fleurs et les thuyas au garde-à-vous.

C'est là qu'une berline noire amorce son joli cercle autour du massif planté, une longue allemande avec deux petits drapeaux aux couleurs du Miramar, et les fameuses vitres teintées qui donnent l'envie de regarder. C'est ce bon Nobel qui nous revient avec sa manie du cycle, l'éthéré qui se ramène tous les printemps et qui gîte là pour faire jaillir sa prose, un habitué qui récidive sous prétexte que seul l'air d'ici l'inspire.

Le seul problème de cette haute pointure de l'esprit, c'est qu'à force de gratter des cinq cents pages sur des fortunes de papier bible le pauvre homme est garni d'une paire de culs-de-bouteille qui lui pose l'œil au-delà de l'orbite, une optique en hublot qui lui fait ce regard tout en devant dont nous soupèse la crevette. Le pire, c'est que pour massive que soit la prothèse, à la limite, on pourrait dire que ça ne suffit pas, puisqu'il commence de descendre avant même que sa portière soit ouverte, et qu'une fois les lunettes ramassées, au lieu de marcher tout droit vers le grand hall, il se met à piétiner le parterre.

Sa légitime descend après lui, nobélisée jusque dans le choix du sac à main, un peu fanée tout de même malgré les progrès de la teinture, les traits tirés par toute une vie de gloires, et sûrement trop de cocktails pour les arroser. Sûr qu'elle en rajoute, un soupçon d'humilité donnerait encore plus de gueule à tout ça, quitte à la feindre, cela dit plutôt que de hâter le personnel et de tanner les zélés, voilà que prend à la dame l'idée cocasse de se farcir toute seule les bagages, ce qui fait le chauffeur décontenancé et le porteur en rond de flan.

C'est à ce moment-là que les relents de mon poisson les accrochent, l'immanquable maquereau de chez Combi décuplé par l'impatience.

— Vous les reconnaissez, c'est les Combi de chez Combi, « le poisson tout frais cueilli », même que chaque année Madame en fait la cure...

Dérouté par l'effluve, c'est là que le Nobel s'agite, s'affole, mobilise tout de lui en rajustant ses lunettes, se demandant s'il ne serait pas en train de marcher tout droit vers le grand large plutôt que de remonter le tapis rouge de l'allée. Tu parles d'une reconnaissance, à titre de clients du Miramar ces salauds-là s'envoient du Combi à longueur de journée, accueillant chaque fois la prise dans l'extase de la communion, mais dès lors qu'ils ont le poisson frais sous le nez, valide et vif dans son jus de marée, voilà que pour un peu ils en seraient écœurés.

C'est là que les zélés le rassurent, lui jurant bien que le grand large ça n'était pas par là, et que de toute façon cette année encore la mer ne sentait pas, qu'ils avaient même veillé à ça.

Rassérénée par ces mots la curieuse procession se remet en marche, Madame avec ses valises et Monsieur tout encombré de ses bras, et derrière eux, deux grands smokings qui leur emboîtent le pas, parfaitement désolés de se voir privés de charge. J'attends un peu pour voir, ne serait-ce que leur façon de négocier la porte-tambour, le grand moulin qui brasse l'entreur ou l'éjecte indifféremment, mobilisant le personnel comme le trapéziste au moment de la réception. Sans doute le Nobel doit-il avoir le goût du tourniquet, parce qu'il en fera cinq tours avant que la poignée de main du directeur ne l'extirpe, le grand pacha qui récupère l'auguste à hauteur de parquet, et faisant pourtant comme si de rien n'était.

C'est là que l'idée me traverse sous forme d'intuition, et sans même poser le cageot à terre je me lance dans le grand manège pour rattraper l'illustre. Alerté par l'effluve, le pacha ne fera qu'un geste à ses sbires, une poignée de chasseurs consternés de voir le poisson se pointer par la réception, des zélés qui me replongent illico dans le grand sas en m'indiquant que les cuisines c'est là-bas.

Je veux bien que le climat marin prédispose au poème, je veux bien que l'iodé décuple le contemplatif, mais j'ai rien de l'écriveur moi, j'ai rien du dégoteur de formules qui font tinter le mirage, d'autant qu'en plus de méconnaître la science de la publicité, ses manières d'enrobages et ses tournures de facilités, il manque des pages au dictionnaire et j'ai tout le temps les mains mouillées. Maintenant, pour ce qui est de ficeler un argumentaire tout en louanges, une prose habile glissant subtilement de l'apologie au mercantile, en plus de maîtriser le vocabulaire et les façons de l'agencer, il faut surtout en avoir l'envie.

Quand ça les prend, ils se plantent tous là face à moi, le comité de lecture au grand complet, sous forme d'une famille à table, la pose attentive et la moue verrouillée. En général, au vu du grimoire, les pleurs se mélangent à la stupéfaction, la colère à l'incompréhension, en tout cas pour eux la désillusion est réelle, celle de ne rien retrouver qui approche de près ou de loin cette pieuse fabulation au sujet de l'ascendance, cette légende vaniteuse et bricolée de toutes pièces, facétie généalogique qui nous verse bien au-delà du mensonge. Rien non plus au sujet de cette savante alchimie du patronyme qui nous aura transmués du celtique au transalpin, distillant l'alcool fort du Combi en partant de ces vieilles souches qu'étaient les Combenec'h et les Bilawen...

Tout de même, ce serait grave de consigner ce baratin, faire mousser la parabole pour étoffer la brochure, car autant le mensonge est tenable tant qu'il confine au stade de l'oral, autant le figer par écrit est nettement plus coupable.

— ... Et alors, je ne vois pas où est le problème, d'autant que ce ne serait pas la première fois qu'on glisserait du Breton à l'Italien, dis-toi bien que l'affinité remonte à loin, parce qu'en plus de combattre l'Étrusque on aura déposé les armes aux pieds des Romains, eh oui mon petit gars, que tu le veuilles ou pas, ça fait plus de deux mille ans que la Bretagne a à voir avec l'Italie...

— Peut-être, mais nous autres on n'a rien à voir avec César, nous autres on n'a rien des bardes prophètes et des coupeurs de têtes, et les seules légions auxquelles on se mesure, c'est des cageots de crevettes et des bans de poissons plats...

— Fais le malin va, mais dis-toi bien que sans le poisson tu ne serais rien, tu m'entends, rien, et si la mer n'avait pas eu l'idée de nous combiner ce machin-là, aujourd'hui les Combi seraient pichenette, ou alors ramoneurs ou bons à rien.

Avec ce genre de compagnie-là, on se dit qu'on n'est pas près de sortir de la marée, qu'on y est même sacrément ancré.

Croyez peut-être que c'est facile de vous ficeler la brochure en éradiquant le principe, de vous tisser dix pages de bobards dans un climat de comptine, vous croyez peut-être que c'est facile de se biaiser la racine pour la repiquer dans le méditerranéen, basculer de Paimpol au transalpin, tu parles d'une promotion...

— Ne t'amuse jamais à reprononcer ce mot-là, tu m'entends.

— Promotion ?

— Non, Paimpol.

— Et alors vous avez peur de quoi, du bon souvenir de la perception... ?

Là-dessus le pater me colle un pain sévère, de ces horions qui lui servent à amadouer le grand thon, puis dans la foulée il prend la mère par la main comme il le fait chaque fois que le ton monte, il l'empoigne littéralement et l'emmène largement consentante vers ce qui leur sert de chambre à coucher.

Erwanito, Gwënaella, Kevin et Marina, cette glorieuse poignée de contemporains qui fait dire qu'on est cinq frangins dans la famille, dont deux sœurs, tous me regardent avec cet air réprobateur qu'on accorde au semeur de famine, un air vengeur qui signifie bien que ce sera encore ma faute, et à moi seul, si dans neuf mois de ça on se retrouve avec un couvert de plus à table, voire trois si c'est des triplés.

Par pudeur, pour occulter tous les bruits fauves qui remontent du pieux géniteur, on reprendra sobrement le repas, en tapant le plus possible la cuillère dans le fond de la creuse, toujours cette même soupe avec ses croûtons de pain frits, et ces gros yeux en dedans qui ne vous lâchent pas. Un grand silence une fois les assiettes finies, et les parents qui nous reviennent de la pose, l'air pas trop mécontent, pas franchement ravi non plus. Toujours est-il qu'en rafistolant son tablier la mère file tout droit vers sa cuisine, consternée de réaliser que son huile est toujours sur le feu, quant au père il se remet paisiblement à table, le sourire potable et les yeux en émoi, jurant bien que de toute façon je ne perdais rien pour attendre, parce qu'un jour ou l'autre ils trouveront bien le moyen de nous recaser un frangin de plus, un docile qui se garde ses états d'âme et qui ne pose pas trop de questions.

Quand l'entourage vous soulève comme ça des marées d'invectives, que le regard des autres vous conjure de sa lame, la seule chose à faire, c'est de renaviguer mine de rien dans sa soupe, mimer la placidité en carillonnant la faïence, ou alors au pire de sortir prendre l'air, voir si des fois l'orage du dehors ne serait pas plus tenable, le ciel moins incertain.

Et c'est comme ça qu'on se retrouve seul en parfait renégat, avec tout l'état d'âme à revisiter devant soi.

— T'aurais pu descendre la poubelle.

Si tant de gens la vivent mal, cette odeur, si dès lors qu'elle navigue ils basculent dans le souillé, c'est qu'elle renvoie à ces parties de soi-même qui s'enveniment sitôt qu'on les néglige. Le poisson, c'est le fumet même de l'intime, ce vestibule du confiné. Quoi qu'il en soit, voilà qui avère bien notre identité primitive, cette loyauté de la mer à ne jamais franchement nous renier, car tout de même, maintenant que c'est su de tout le monde et que le processus est amplement démontré, maintenant que les papautés elles-mêmes se seraient fait à l'idée, il est bien clair qu'au-delà du singe et de ses affiliés l'homme ne dégringole rien de moins que du poisson et de ses vagues projets.

Chez les Combi, la genèse on vit avec, on l'a même sous le nez à longueur de journée – sous la forme diverse de ses multiples tâtonnements. Nous autres, c'est sans pudeur et à pleines mains qu'on les remonte, les origines, à la rigueur on pourrait presque dire qu'on baigne dedans.

Depuis toujours l'effluve est là, celui-là même qui restera à jamais le plus fort souvenir de notre enfance, la réminiscence consacrée, et encore, l'odeur qui stagne en bas dans la boutique, celle du poisson fringant rafraîchi par les copeaux de banquise, n'est rien à côté de celle qui préside à la maison, aérienne et insigne, dépôt immatériel et entêtant de ces torrents de fritures et de courts-bouillons qui imprègnent l'appartement à longueur d'année – émanation de trois repas par jour à pas moins de sept à table.

Le pire, c'est que quoi qu'on fasse, malgré tous ces efforts pour être nets, propres et bien rincés, malgré tous ces lavages et ces séquences d'adoucissants, tous ces lissages qui visent à patenter l'excellence de notre intégration, il y a toujours un moment où l'effluve en nous remonte, comme ressurgi du grand large ou du fin fond de la boutique, une odeur qui nous marque malgré nous jusqu'à la fibre, et nous nuance d'un soupçon d'antipathie.

À l'école, déjà, ça n'était pas commode d'occulter ces exhalaisons coupables, de passer outre, c'est sûrement pour ça que personne ici n'a jamais trop eu le goût d'insister. L'école, c'est à coup sûr l'endroit idéal pour se faire chambrer, l'environnement hostile où on est le plus exposé, dans ce genre de communauté-là, pas moyen d'exister autrement que sous le label de fils de poissonniers et de se faire chambrer à longueur de scolarité. Déjà qu'entre eux les gamins ont toujours la manie de se chercher des tares, trouvant toujours le bon angle pour pointer la moindre faille, le plus petit défaut, autant dire qu'avec moi l'argument était tout trouvé. La seule grâce à la limite, c'était les jours de grande chaleur, ces jours où la troupe entière ruisselait de ses nages, tant et si bien que l'effluve général me réconciliait avec la masse. Pour le reste, les mimiques à mon endroit étaient toutes trouvées, chacun y allait de son petit geste au moment de me saluer, la parodie facile de se pincer le nez ou d'imiter la carpe.

Quant aux séquences de cours particuliers, ces leçons de français que le docteur Ibabourne venait m'infliger à domicile, docteur ès lettres seulement, histoire d'aller encore plus profond dans la langue, peaufiner le sens des mots en leur trouvant des racines, alors là on peut dire que c'était le nuage complet. Au cours de ces séances, en plus de dissiper un genre d'italien de sacristie qui ne se parle plus depuis des lustres, un rustique maniéré à la grammaire multiple et aux fins de phrases en *us*, le grand lettré diffusait un tel paravent de fumée que toutes ses divagations étymologiques confinaient au sacré. Ce bonhomme-là était de ces divinités qui n'en finissent pas de cramer, le genre de sage devant lequel on plante l'encens, c'est d'ailleurs sur ce critère-là qu'on l'avait choisi, parce qu'il fumait comme un pompier et qu'à la minute même où il entrait dans une pièce il vous embaumait le site mieux qu'un fumoir à saumons.

Cela dit, les parents avaient beau l'encourager à pomper tant et plus, ils avaient beau lui acheter du tabac neuf et lui planter des enjoliveurs sous le nez, en général le grand oiseau n'aspirait jamais plus que l'envie ne lui venait. N'empêche que tout le temps que durait son mégot, tout le temps qu'il titillait le brandon, c'était son arôme à lui qui emportait la mise, son prodigieux tabac à l'accent hollandais, enveloppant la pièce d'un brouillard épais où le poisson se perdait, neutralisé pour un temps.

Malgré son aspiration farouche pour la chose fumeuse, il y avait bien des moments où le brave moniteur de français n'embouchait plus rien d'allumé, ne soufflait pas le moindre nuage, ne serait-ce que le temps de rouler la suivante, ou de me faire son couplet sur les prouesses de l'étymologie et l'efficience de l'orthographe. Et là, le poissonneux reprenait le dessus, le maritime dosait sa revanche, de sorte que l'instruit, butant sur l'odeur comme sur une faute de participe, me demandait innocemment si on ne pouvait pas ouvrir la fenêtre, et se rallumait dare-

dare une nouvelle cigarette, sans même prendre le temps de complètement la rouler.

Tout le monde vous le dira, pour un poissonnier il n'y a aucun mal à sentir le poisson, d'ailleurs les gens vous le disent même en face, aussi fourbes que déterminés, se ramenant les narines à l'intérieur du nez comme si en dedans ça refoulait le savon... Il faudrait bien qu'un jour quelqu'un souligne le caractère ingrat de cette profession-là, tous ces désagréments qui en font une tâche aussi délicate qu'un métier à risque, parsemée de périls qu'on ne soupçonne même pas, de l'odeur stagnante à ces mains toujours au bord de l'eau froide, des morsures de crabes aux piqûres d'oursin, des patentes récidivantes aux coups de lame qui finissent dans la main...

Et pourtant, c'est de cela qu'il nous faudrait retirer de l'orgueil, de cette vocation qui remonte à loin dans la généalogie, de cette lignée d'ancêtres supposés de l'Adriatique et de leur pieuse vertu, celle de nous avoir cédé la science de l'animal marin en plus d'un sens certain du négoce. Au plus loin qu'on regarde dans les souvenirs de famille, au plus loin qu'on file les origines, on retrouve toujours le parfum fauve de ces vies-là, ces petites vies passées à rafraîchir la gamme, des carrières de virtuoses travaillant toujours dans la même tonalité, jamais lassés de la compagnie du poisson. À croire qu'il y aurait tout lieu d'être fier de procéder de ça, comme d'autres trouvent une gloire de descendre des Croisés ou d'infuser de la particule.

En tout cas, tous dans la famille ne voyaient là que du vertueux, de l'estimable et du mérité. D'être ainsi confrontés à la faune des hauts fonds, détailler par le menu la genèse en débitant leur production, voilà qui à leurs yeux légitimait grandement la superbe, sinon la suffisance, voilà qui justifiait de se faire connaître aux yeux de tous et de largement délayer sa vanité, d'où la nécessité d'une brochure falsificatrice et promotionnelle, un dépliant laudateur à défaut de vraie saga.

Mis à part quelques petits dérapages, de ces épisodes passables à se mettre les nerfs à vif, on pourrait dire de nous qu'on était une famille tout ce qu'il y a de doux, unie, parfaitement résolue au principe.

Une fois oublié le poisson, une fois oubliées ces brassées d'efforts pour le remuer et cette science du détail qu'il faut pour l'ausculter, une fois occulté l'épisode entier de la poissonnerie, ne nous restait plus qu'à aller voir la mer en face, posante et digne dans son grand cadre, rêveuse et suggestive, pour peu bien sûr d'avoir l'idée de se poster devant. En général, c'était le soir que ça se faisait, c'était en toute fin de journée que nous venait subitement l'idée de la balade, comme viendrait celle de décider d'un jour de fête ou d'on ne sait quelle confiserie. Mais avant cela tout de même, il fallait bien attendre un peu, le temps que la mère passe une affaire un peu plus présentable, qu'elle se recoiffe autrement que des deux mains, et que les sœurs se pomponnent au cas où il y aurait du monde à croiser, qu'elles enfilent ce qu'elles ont de mieux, sachant d'avance que la jupe sera toujours la même, pêchée dans la panoplie des occasions, et le parfum plus ou moins exagéré. Pendant ces préparatifs, le père trouvait même le temps de se raser, ce serait toujours ça de fait pour le lendemain, dix minutes de gagnées, lancé qu'il était sans cesse, à peine la journée finie, dans la nouvelle à venir. Nous autres, pendant ce temps, on ne trouvait rien de mieux comme occupation que d'énoncer vivement les mêmes phrases, des tirades serrées pour activer le monde, nous autres, n'ayant pas la moindre jupe à passer, pas le plus petit pli à revisiter, on gagnait le temps de la pose facile, celle de s'affaler sans la moindre gêne sur le canapé, et de sortir les pieds de la chaussure pour mieux les préparer à la marche. D'autres fois, au contraire, pris tous trois d'une soudaine indulgence, on leur assurait à tous qu'ils avaient tout leur temps, qu'on n'était pas pressé, que de toute façon le soleil attendrait qu'on soit là avant de plonger, et que le jour n'était pas près de plier. Cette affabilité-là, cette soudaine bienveillance, en plus de détendre l'atmosphère générale, c'était tout bénéfice pour nous autres, ça nous laissait le temps de manigancer ferme sur les restants de bouteille qu'il y avait là à table, de les dévaluer franchement afin de donner à la promenade annoncée un pur relent de gnose. Là par contre on était de vrais frangins, trois complices aux gènes revenus, et pas question de mégoter pour savoir lequel des trois en aurait le plus, celui qui l'emporterait sur ce rab céleste qu'on s'accordait, et plutôt que de ressortir les verres et de doser équitablement dans le propre, on y allait carrément à bouche nue, la bouteille se passant en témoin, giclant sur la chemise de l'un pour rebasculer sur l'autre, nous soulevant des hoquets qu'on faisait passer pour de la digestion. Dans ces circonstances, on se donnait même du prénom en complet, éludant le surnom ou le diminutif, signe de ce profond respect qu'il y avait là à se compromettre tous trois dans la même connerie, cette fraternité du vice. Sûr qu'avec ces quelques décilitres-là la balade aurait déjà bien plus d'allure, soulevés qu'on serait tous d'une foulée lunaire et de divagations confinant à la spiritualité, et pour peu qu'on aille un peu trop loin dans la correction de la boutanche, pour peu que la sanction soit un peu rude, d'ici peu ce ne serait plus le front de mer qu'on irait visiter, mais le bout du monde entier.

Tout de même les parents s'étonnaient bien un peu de cette soudaine aménité qui nous gagnait tous trois, surpris par ces accents de bons fils qui nous allégeaient, car une fois la longue marche entamée, on trouvait en tout mille raisons de se satisfaire et de s'émerveiller. Un martinet fusant d'un vol souple, une mouette simplette pour avoir le goût de planer, tout devenait mystique et intemporel, tout nous donnait l'envie de partager. Faut dire aussi que le décor y mettait du sien, ces tentures d'ombres tièdes qui flottaient dans l'espace, ces sanguines tout en velours qui prenaient le toit du monde, ces nuages incandescents de promesses et de prémonitions variées, ce salut du soleil dans l'ultime politesse, tout ça nous faisait dire que c'était parfait. Parfois même on allait jusqu'à douillettement enlacer une frangine, sirupeux et tendres comme savent le faire les Italiens – c'est dire à quel point le douze degrés du pater distillait du câlin. Quant aux parents, ils marchaient côte à côte, se tenant par la main, par pure distraction, même si quelquefois on les surprenait dans un échange doucereux, se tenant des propos sibyllins qui n'avaient sans doute rien à voir avec le temps qu'il fera demain.

Mais le vrai prodige, le moment d'absolu, c'était de se planter tous face à l'écume au repos, devant ce parfait miroir où le ciel se faisait beau. Sans doute soulevés de reconnaissance, adoucis par la tonalité générale, côte à côte en tout cas, c'était le moment souverain où on ne se disait plus rien, comme si ce panorama-là qui procédait du marin nouait une conversation privilégiée avec nous autres, qu'il nous enseignait sur une phase inconnue de sa mouvance, celle-là même où il ne se passe plus rien. C'est là que face à la mer, sans se dire un mot, divaguant dans l'osmose, on redevenait une vraie famille, cette branche humble, doucereuse et polie qui écoutait l'ancêtre.

La pure brodeuse nous gardait là tout le temps que son soleil patine, elle nous tassait d'un sommeil qui ne perdait rien pour attendre, infusant en nos membres la psalmodie de l'espace et de la paix retrouvée. Dans ces cas-là, ça n'était même pas la peine d'essayer de lui répondre, à l'ancêtre, il suffisait de la suivre et de se laisser porter, de la goûter comme une infusion de fleurs d'oranger. C'est comme ça qu'on basculait tous, sans l'ombre d'un remords ni d'un ennui, dans la grâce accomplie de n'avoir rien à faire, et sans même que nous vienne, pour une fois, le moindre sentiment de culpabilité. À croire qu'un fragment d'absolu nous gagnait nous aussi, un effet de l'accalmie universelle dont l'unique commandement était, restez.

Des poissons, il devait pourtant y en avoir là-dessous, à traîner tout comme nous dans l'atmosphère pacifiée du soir, pas de doute qu'il devait y en avoir des flancs d'argent à miroiter dans l'opaque, riches de sens pour des pragmatiques comme nous, mais dès lors qu'on considérait la mer avec cette distance-là, dans l'hébétude feutrée de l'extase, ne nous venait même pas l'idée de songer aux poissons et aux kilos que ça représente, et encore moins de les pêcher – pourtant ce serait quand même marrant de savoir pour combien il peut y en avoir là-dedans.

Le soleil au bout de sa peine, n'en finissant plus de répandre son matin dans l'autre versant du monde, à un moment donné le spectacle était fini, la représentation à son terme, on n'y voyait pas plus loin que le bout de son nez. Sans même qu'on se le dise, sans même se passer le mot, cette fatigue sourde qui nous vidait les membres faisait que ensemble on se levait. On tournait le dos à la mer comme on quitte une vieille tante au moment de se coucher, sachant que pour l'heure elle était potable et pacifiée, avec des doutes malgré tout sur ce que serait son humeur du lendemain.

Le *Royal Combi Navigazione*, ratisseur de grand large et écumeur d'insondable, était un ancien remorqueur transformé en chalut, transmué du salutaire au pélagique, tout bonnement par la greffe d'un portique à balançoire.

Le seul vrai malaise dans la pêche, c'est cette manie de partir de bonne heure, cette sournoiserie de se lancer sur la mer plane avant que le poisson ait encore eu le temps de récupérer ses esprits. C'était donc vers les cinq heures du matin qu'on se lançait sur le grand jus à sel, abreuvé d'espace et d'embruns iodés, même si le grand tout virait par endroits aux odeurs de gasoil et de profond mouillé.

Cela dit, je les comprends, les frangins, partir aux aurores a le moindre avantage pour le travailleur de la mer d'éviter cette vision insupportable et provocatrice, celle des hautains balnéaires tout de nonchalance et de vices, ces vacanciers oisifs qui ondulent sur le remous sans se préoccuper du ban. Ceux-là, l'hiver on ne les voit jamais. Ceux-là, malgré leur ferveur maritime et leur passion de l'élément, malgré cette affinité souveraine qui les fusionne à l'ondulant, l'hiver on ne les voit pas. Le comique tout de même, c'est de titiller un peu le plaisancier, de faire traîner le filet sous le gros bouillon de l'hélice, voir la belle vedette se mettre à reculer par l'étrave, et le hors-bord avancer par l'arrière. De toute façon, qu'importe, en cas de mer comme partout ailleurs, c'est toujours celui qui travaille qui emporte la priorité sur celui qui glande, de sorte que quand on trace pour rallier la zone de pêche, on donne rarement le coup de barre pour éviter le voilier, au contraire, le grand linge aurait même plutôt tendance à nous attirer, ne serait-ce que pour voir comme ils nagent tous tout habillés.

À part ça, le scooter des mers est quelque chose qui mord bien aussi, sinon qu'en l'occurrence le spectacle est un peu diminué, du simple fait qu'il n'y a en général qu'un seul passager. Qu'importe, l'essentiel pour nous étant bien de meubler les temps de pause et celui des trajets, car autant il y a plein de choses à voir dès lors qu'on se trimballe en autocar, en voiture ou même en train, autant le parcours en mer n'est distrait par rien.

La mer, comme dit le pêcheur, tentative fragmentaire d'intemporalité. Évidemment, vu d'ici tout devient plus vaste, nettement moins encombré, toute chose inscrite dans le domaine même de la continuité. Et ces pulsions d'initiatives que l'on a tous, cet instinct de liberté qui commande d'agir selon ses seules intentions, tout ça est ici balayé par des séquences d'ordres en rafales, le tout plus ou moins hurlé par la voix de Kevin – le seul maître à bord, le seul aussi à être doté du prénom pur beurre gaélisant, tout ça parce que les Bretons font des bons marins, et que de tous il est bien le seul à avoir vraiment le permis.

D'ici on la voit mieux cette vie dont l'essence est de remonter des grands sacs, cette vie passée à écoper la mer dans des spasmes écœurés, soulevant à n'en plus finir des cabas dégoulinants de saumâtre et de jus relevés, passant sans relâche de l'espoir à la résignation. Le pire, c'est quand le grand tout s'étale sur le pont, que le chalut s'ouvre en lâchant sa bouchée, et qu'il faut fouiller là-dedans pour tenter de retrouver le poisson. Quel sacerdoce tout de même que de débusquer l'animal au milieu de ce magma, un grand tas fait de tout, une somme de surplus additionnés de rejets, de vieilleries, et de roues surtout ! La roue, cette fraîche primeur de l'inventive humanité, c'est fou ce qu'on en retrouve dans le lit des océans. Quantité de roues qu'on ressort du cumul sans vraiment s'étonner, sans même plus être surpris, sauf dans les cas parfaits où le pneu vient avec. Quant aux jantes, la plupart du temps elles survivent mal, à la rigueur les plus neuves tiennent encore, puisque inoxydables et galvanisées, alors que les anciennes sont toutes dramatiquement attaquées, que ce soit par la rouille ou par autre chose, un maléfice là-dessus qui aurait l'idée de se venger, une usure qui nous cède une trouvaille en général dans un état pitoyable, globalement périmée, en tout cas invendable.

— Des pneus on s'en fout, je te dis, rebalance-les pour une autre fois, aujourd'hui c'est la sardine qu'on est venus chercher…

Il est rude le frangin, comment retrouver une sardine là-dedans, et encore mieux un anchois… Mine de rien il avait pourtant le nez, car dans le beau tas qu'il venait tout juste de nous remonter là sommeillait une cueillette fameuse, une bordée de jeunettes malencontreusement enfermées dans le tambour d'une machine à laver, qui ondulaient juste là de l'autre côté du hublot, barbotant à peine nerveuses en plein programme rinçage, soulagées qu'on leur ouvre.

— Pose pas de question et ramasse.

C'est à ce genre de péripéties qu'on comprend très vite l'usage systématisé des bottes, cuissardes et autres protections dans les activités de pêche en mer. En effet si le Kevin et l'Erwanito partaient chaque matin chaussés de leurs prodigieux caoutchoucs, des jambières épaisses qui leur faisaient la démarche pataude, en fait ce n'était pas tant pour se préserver de l'eau que pour s'épargner les entailles, coupures et autres électrocutions. Eh oui, comment piétiner à longueur de journée des monceaux de brocantes et de ferrailles sans prendre le risque de se salir ou de s'abîmer ? Furieux sacerdoce tout de même que la pêche, périlleuse activité, surtout qu'il faut rudement s'y connaître en mécanique et en pièces détachées, avoir le don de déceler le recyclable dans toute cette quincaillerie qu'on remonte, savoir faire le tri parmi ces vieilles bécanes, entre celles qu'on garde à bord et celles qu'on replonge dans le site. Pareil pour les moteurs de voiture et les mixeurs à café, quand ça n'est pas carrément le diesel entier qui vient au bout de la ligne, avec la carrosserie autour et le numéro d'origine, et parfois même la carte grise et les clefs. Étrange tout de même que la mer recèle un tel patrimoine automobile, à croire que l'idée récurrente vient à pas mal de nos contemporains de sortir du continent en éludant le ferry, ou que la distraction les prend de se garer du côté mouillé de la plage.

Par inexpérience, au début j'en aurais rejeté plus d'une, de ces brocantes, alors que les frangins certifiaient que de nos jours il n'y avait même plus besoin d'antirouille pour recycler l'antique. Aujourd'hui, il semble que les ravages de l'iode sur l'ustensile chromé auraient plutôt tendance à réévaluer le produit, de sorte que pour décupler la valeur d'un fer forgé voire d'un vieux millésime, il suffirait de le laisser cuver une bonne année ou deux dans la soute à Poséidon, le temps que l'outrage salin prenne valeur de patine.

Et l'anchois dans tout ça. C'est vrai que par endroits il y en a, en tout cas il arrive qu'on en trouve, et malgré toutes ces assertions qu'on entend quant à la piètre qualité de l'eau de mer, tous ces doutes au sujet du liquide, qu'il soit bien dit que toute tonne d'océan qu'on soulève recèle toujours sa bonne petite poignée d'anchois.

Notre sortie ce jour-là n'était pas des plus grandioses, après six heures de mer tout ce qu'on avait de comestible tenait largement dans un grand seau, rien qui permette de se dire que la journée avait été bonne. C'est pourquoi, une fois le déballage fini, il fallait de nouveau plonger le grand cabas, et répéter la manœuvre subtile qui consiste à le laisser traîner derrière soi.

Il est vrai que dans ce genre de contexte l'odeur du poisson ne devrait pas importuner, à la limite on serait même en droit de l'attendre, elle ferait presque plaisir. Simplement, le seul véritable arôme qui rôdait par ici, la tonalité générale, c'était le fumet tenace d'un court-bouillon mécanique, un mélange d'huile et de pétrole aquatique, une odeur qui ferait plutôt penser à un garage si on était en ville, ou à une flaque qui vieillirait mal. Il faut reconnaître aussi que notre pauvre bateau y était pour quelque chose, sa façon de fumer était de celles qui vous remplissent les bronches et vous occultent l'azur, une fois en mer ce n'était même pas la peine de perdre du temps à s'allumer une cigarette, il suffisait de prendre l'air par bouffées et de se le caler profond, d'inhaler le panache comme un furieux tabac, quoique le vent gênât bien un peu par endroits.

Au moment de la pause casse-croûte, chacun ouvrait sa gamelle, un montage de petites boîtes de fer-blanc où s'aggloméraient les beignets de calamar que la mère avait cuisinés le matin même, sabordant toute velléité de grasse matinée par le relent de ses fritures. En plus du poulpe, Kevin et Erwanito avaient chacun leur bon pesant de riz, agrémenté d'une sauce rouge qu'on retrouve toujours en tout, un genre de coulis artisanal ou de ketchup maison. Quant à ma gamelle à moi, bien que plombée elle aussi de sa généreuse plâtrée de riz, elle était cependant soulagée de la sauce onctueuse qui fait des taches et des bracelets de beignets gras, dans mon cas il n'y avait rien pour distraire de la céréale, rien d'autre en guise de plat de résistance qu'un beau stylo à capuchon planté sur le faîte de la masse blanche. Un message sans doute.

Avant, cette tâche-là revenait à la fille, le père trouvant plus élégant d'envoyer Marina livrer sur la Vespa, fluide et gracile dans le champ de l'aurore, histoire de poser la grâce de la demoiselle en contrepoint aux frais effluves du poisson. Seulement depuis que la mode était au saumon en tranches fines, depuis que le cru fascinait le client et exacerbait sa quête du vrai, la pauvre fille passait des heures audessus de la planche à découper, à tailler de la dentelle dans les flancs de poissons gras. Ce surcroît d'activité justifiait donc de me distraire de ma tâche, quelle qu'elle fût, pour m'assigner les commandes, et quand bien même étais-je en train de plancher sur la brochure ou en plein cours de français, dès lors qu'une heureuse affluence assaillait la boutique en bas, mon prénom fusait depuis la cour comme à l'amorce d'un accident. Il va sans dire que dans notre secteur d'activité, plus que dans tout autre, la marchandise ne souffre pas d'attendre, le poisson étant en bien des cas encore plus impatient que le client.

La seule vraie gêne quand on longe le front de mer avec un panier de germons sur le porte-bagages, c'est au moment des feux rouges de sentir les vitres se relever une à une autour de soi, pour peu qu'on stagne dans le flux contraint. C'est là qu'en général le germon jette un œil bovin au conducteur de droite, de ces regards fixes qui passent toujours pour de la défiance, sinon de la provocation. Parfois j'en vois même qui haussent les épaules en voyant ça, sans doute contrariés de se sentir toisés, agressés dans leur intérieur cuir, souffrant mal l'arrogance d'un cossard aussi peu amène que le thon froid.

Pour le reste, ces séquences entières où la Vespa s'use à plein régime, je trace, je diffuse, je dissipe mes faux airs bohèmes sur le thème de la liberté, la chemise flottant ample pour développer l'ambiance. Le long de la Riviera il arrive même que les gens s'insurgent, qu'au-delà de l'indifférence ils manifestent, heurtés de se sentir caressés d'aussi près par l'effluve, pas mal secoués en tout cas de se faire doubler par une famille de merlans tressautant dans la clayette.

C'est sûr que dans ce flux de parfaits après-rasés et de bonnes dames en vrai Chanel mes envolées faisaient tâche. Pour eux, c'était presque une insolence de ma part, une sorte de défi, pire que si je leur soulevais le doigt. À partir de là, quel genre de résignation aurait pu me prendre, quel genre de replis ; la convoitise inquiète de ceux qui se savent en retrait, ces soupçons d'amertume où fermentent les révoltes, ou cette rancune insigne qui va jusqu'à la démonstration, sous forme de bravades, de coups de clefs ou d'agressions plus claires ? Seulement voilà, à vivre comme on le fait au grand air, rendus souverains par la seule présence du site, grandis chaque jour de côtoyer la mer, la vivant dans une parfaite équivalence, en fin de compte on n'est heurtés par rien, on ne se connaît plus d'ennemi.

Sans soulager le régime j'amorce le doux virage qui débouche sur le Miramar, cette fois, comme l'ambiance est au calme, j'ai même le temps de faire trois fois le tour de l'onctueuse rondelle de verdure, trois tours complets avant que le portier pique son sprint.

— … l'entrée de service, je te dis.

Finalement dans cette caserne il n'y a guère que le grand toqué pour être aimable, celui qui se fait appeler le chef. Au-delà du cuisinier reconnu, c'est un fameux gradé toujours à la lutte avec ses étoiles, des distinctions jamais vraiment acquises, toujours menacées, un général toujours en passe d'être rétrogradé. N'empêche que lorsqu'il me voit le gros blanchi a toujours le geste salubre de me dire bonjour, posant toujours la question de ma santé, et dans la foulée se préoccupant très vite de celle de l'animal. Malgré son statut de cordon-bleu, et toute cette forge odorante suspendue à ses ordres, ce bonhomme-là me sert chaque fois un accueil de brave fils, même s'il n'est pas interdit de penser qu'il préférait l'époque où la sœur officiait.

Rien qu'à me voir entrer dans sa cuisine, déjà il commence de humer, d'avance il subodore les nuances de la merveille en fermant bien les yeux et, comme pour marquer une pause ludique à cet instant solennel, chaque fois il fait le pari de retrouver le nom du poisson rien qu'en se le promenant sous le nez. Ce cuistot-là est incollable, et que ce soit un thon, un rouget ou de la rascasse, rien qu'à le humer il évalue le poids et donne l'heure d'arrivage, tout juste s'il ne donne pas l'âge et le déroulé du pedigree. En dépit d'un environnement frénétique – toujours débordé ou en plein jus, comme il le dit lui-même –, il y a pas mal d'amabilité chez ce gros bonhomme, ne serait-ce que dans sa façon de me recevoir, de demander chaque fois des nouvelles de la famille au complet. Là-dessus la petite astuce enseignée par le père est de répondre du tac au tac, d'enseigner le sondeur de nouvelles toutes fraîches, une manière plus ou moins comique mais rigoureusement préméditée de rappeler qu'en tous domaines chez les Combi tout est frais. Quitte à échanger sur le sujet des nouvelles, en général je lui demande aussi des siennes, histoire de ne pas être en reste, et c'est là que pour une fois la grande toque s'affaisse sur un air épuisé, concédant une fatigue qu'il n'avoue jamais, marquant même un air vaguement dépité. Bien sûr le secret professionnel lui interdit de me dire quoi que ce soit sur la nature de ses tracas, même s'il me confie tout de même que ce qui le préoccupe le plus c'est le cas du Nobel.

— Justement, Monsieur Labil, puisque vous me parlez de ce gars-là, vous ne pourriez pas lui demander un petit service pour moi, un genre de coup de main…

Là-dessus il se compose l'air terrible de celui qui considère une requête extravagante, et me répond sèchement qu'il est hors de question d'importuner la clientèle, quelle qu'elle soit, et surtout pas une parfaite éminence des plus hautes sphères lettrées.

— … Mais d'abord qu'est-ce que tu lui veux au Nobel, hein ?, quel genre de coup de main tu peux attendre d'un empoté de son espèce ?

Sans trop entrer dans les détails je lui explique que j'aurais juste besoin d'un ou deux petits tuyaux, deux trois bricoles au sujet d'une brochure à rédiger sur le thème de la poissonnerie.

— Non mais voyons, mon petit gars, tu n'y penses pas, déranger l'auguste pour un jeu de phrases à agencer, le sortir de sa trilogie des mythes pour le faire plancher sur la poissonnerie, franchement tu n'y penses pas… D'autant que pour te dire la vérité, en ce moment ce bonhomme-là n'est pas à prendre avec des pincettes, d'ailleurs il ne sort pour ainsi dire jamais de sa chambre, il ne descend même plus pour manger, et la plupart du temps les assiettes qu'il commande nous redescendent aussi pleines qu'elles étaient montées.

De là me vient cette image pénible, cette vision douloureuse et pieuse, le souvenir de ces séances où les parents m'enferment tout un week-end dans la piaule avec le dictionnaire de français, et que pendant des heures je tire à la ligne pour tenter d'atteindre la page…

— Il n'est pas malade au moins… ?

— Non. Pire que ça mon petit. Pire.

Là-dessus le gros Labil incline sa toque et me glisse à l'oreille sur le mode des confesses :

— Paraîtrait qu'il est sec le prosateur, vidé, refait comme une huître après trois mois de frigo. À croire que le coup du Nobel lui aurait coupé tous ses moyens, le vertige de la reconnaissance, la désaffection des créanciers, la perte totale de motivation, on ne sait pas, en tout cas paraîtrait que le pauvre type passe ses journées devant sa page blanche à mâchonner le capuchon…

Là-dessus le gastronome se plante les deux mains sur les hanches, et module fort sur le ton récriminateur et fustigeant de l'incompréhension absolue :

— Bon dieu, c'est pourtant pas les sujets qui manquent…

— Pour sûr.

*Buongiorno*, qu'ils nous lancent parfois, que ce soit des habitués ou des clients de passage, non pas tant pour nous faire plaisir que pour bien montrer qu'ils savent au moins ça de l'italien.

De toute façon il était bien entendu que chez nous on ne répondait jamais à ce genre de malins, du moins pas autrement qu'en français. Par contre, là où l'entendement du père se faisait immédiat, c'était quand le client de passage l'abordait par la tournure souveraine, la seule vraie qu'il daignait reconnaître de l'italien, laconique et pure comme un sésame, prometteuse comme un diamant, et qui se formule comme suit :

— *Accetta Americana Express... ?*

— *Certo*, qu'il leur répondait du tac au tac, à titre de seule vraie repartie qu'on l'aura jamais vu concéder à la langue de Pétrarque.

Dans le fond, pour le père, comme pour tous les Combi d'ailleurs, il était bien là le péril, dans cette menace constante que faisait peser sur nous le multilinguisme, toute cette population d'affranchis tout fraîchement acquis au mondialisme, des démonstratifs qui t'enjambent la barrière de la langue avec l'envolée des altesses, des précurseurs qui jonglent avec les idiomes aussi largement qu'avec les concepts, et qui croient te faire plaisir en t'abordant dans ta langue maternelle...

À la limite, le pur novice, l'hésitant aux tournures mal dégrossies, celui qui face à nous voulait tout juste tâter de l'italien, testant son vocabulaire de base dans un accent bricolé, le fébrile dont chaque syllabe revêtait des allures de conquête, celui-là ne nous faisait pas vraiment peur, pour le désamorcer il suffisait juste de lui répondre assez sèchement en prenant l'air outré, ou bien de lui baragouiner n'importe quoi dans un sabir pseudo-transalpin, pour que d'emblée son audace de néophyte se tempère, et qu'il reprenne sa liste des commissions dans un français tout ce qu'il y a de normal. Pour le reste, tout ce qui était de l'ordre du bilingue authentique, ces véridiques Italiens de passage qui croyaient voir en nous de purs miroirs d'eux-mêmes, il suffisait de s'en tenir aux tournures minimales, et d'attribuer la difficulté qu'ils avaient de nous comprendre au fait que notre jargon à nous ressortait d'un genre de patois périnapolitain, un idiome vétuste en simili-chantant, compris de la sphère exclusive de la corporation de la pêche, un parler comme il en existe pour la boucherie ou la coiffure.

Cela dit, face aux obstinés, ceux qui cherchaient à pousser plus loin le dialogue sur les bases d'un italien minimal, l'ultime porte de salut qui nous restait était de prétexter une conscience à ce point aboutie de l'intégration, une obligeance à l'égard de la patrie d'accueil qui nous assignait comme un devoir de toujours nous conformer à l'idiome national quel que fût l'interlocuteur qui se trouvait en face de nous. Devant cette rigueur républicaine les impudents avaient vite fait de se rétracter, et en général ils continuaient de passer leur commande dans le parler de la mère patrie, sans quoi de toute façon on stoppait net les frais et on ne les servait pas.

Pour nous néanmoins, c'était pure dignité que de s'afficher à ce point scrupuleux et acquis à l'indivisibilité de la nation, surtout en ces temps de flottement où la bienséance langagière est terriblement malmenée par quantités d'exaltés de la parcelle, et autres promoteurs de l'identitaire. Là-dessus le père ne transigeait jamais, d'ailleurs dès que la moindre occasion lui était donnée d'affirmer son ardeur maniaco-républicaine, il se lançait dans des déclarations de ferveurs volcaniques et enlevées, vous parlant droit dans les yeux avec sa lame au bout des gestes, vous opposant des remparts de convictions qui supportaient mal la contradiction. À la limite, il n'y avait guère qu'avec les Corses qu'il se montrait plus coulant, non pas que les insulaires eussent semé en lui le trouble patriotique, ou que leur esprit de séparatisme bon enfant eût occasionné le doute, mais tout bonnement parce que sur le sujet ces gens-là s'avéraient chaque fois d'une susceptibilité maladive, quasi coquette, et qu'ils avaient pour eux tout un arsenal de principes et de persuasions qui entraînait à leur concéder largement la déviance. En dehors de ces petites divergences, la relation avec les gens de l'île de Beauté se passait le mieux du monde, d'autant qu'au niveau de la pêche en mer les règles avec eux étaient clairement établies, respectées de tous. Et si d'aventure il arrivait à un continental de sortir de ses zones pour aller malencontreusement pêcher dans les leurs, il était bien entendu que l'indélicat se prendrait une bonne giclée de plombs, rien de bien méchant malgré tout, surtout que les Corses ont toujours la délicatesse du coup de semonce, ce qui n'est pas le cas du Majorquin ou du Catalan, des échauffés du sang qui n'ont même pas l'économie de tirer à blanc. Pour le reste, tout ce qui était de l'ordre du partage des eaux extraterritoriales, de la coexistence avec les autres copropriétaires de la Méditerranée, en somme tout se passait bien, même s'il est heureux que le Sarde soit pauvre et le Génois assoiffé, de sorte que le premier n'a jamais de quoi remplir son fusil et que le second manque tout le temps sa cible.

Indépendamment de la question du voisinage, on peut dire ce qu'on veut de la pêche en mer et de ses procédés, il n'en reste pas moins qu'elle est en soi une pure leçon d'humanité, une leçon de choses en soi. Quoi qu'on pense, c'est une vraie bravoure que de fluctuer pendant des jours sur un élément aussi incertain, de livrer son âme à la mouvance en jugulant l'estomac, passer sans relâche d'un appui sur l'autre sans que jamais le cœur se rehausse, braver le tissu même de la sphère en domptant ses ruades, colmater cette part de soi qui s'affole tandis que l'autre ressasse qu'elle a appris à nager... Bien sûr c'est pur héroïsme que de prendre chaque matin la mer comme d'autres prennent leur café, hanté par le sentiment du piège et la peur de caler, pour le pêcheur c'est pure vaillance que d'aller prélever son lot de poissons comme s'il s'agissait d'un tribut, défiant une mer rougie de ce même sang qu'on lui soutire, mais là où se valide vraiment la fierté du pêcheur, là où le soulagement l'emporte encore plus fort qu'un sentiment de travail bien fait, c'est quand il réalise qu'une fois encore il reviendra au port vivant, rescapé de la grande nasse et de tous ces maux qui en font le sel, sachant que le plus périlleux d'entre tous, le danger majeur de l'onde, ce n'est pas tant ce parfum d'interdit que tout horizon recèle, ces pans d'offense qu'il y a à titiller Neptune, que ces tirs à vue des extraterritoriaux dès lors que l'on empiète.

C'est ainsi que le fait de battre pavillon français, mais d'avoir un rafiot au patronyme tout ce qu'il y a d'italien, une fois en mer, les Combi confinaient à la double nationalité. Et cette belle équivoque une fois au large, en plus de rendre perplexe le camp adverse, nous ouvrait en grand la voie d'une complaisance souveraine grâce à laquelle jusque-là, on en était toujours revenus vivants.

Le vendredi c'était carpaccio, le seul jour salubre où pas un poisson ne montait jusqu'à l'étage et où la friteuse restait au repos. Du bœuf pour une fois, du juteux, du vrai qui saigne comme quand on se coupe le doigt. Le coup de la viande rouge en ce jour dévolu à l'espèce, de notre part, ça n'était pas pour revendiquer on ne sait quelles dispositions farouchement anticléricales, une tendance sourde à saborder le grand rite, mais c'était tout bonnement que le vendredi étant pour tout le monde le jour du poisson, il va sans dire que ce jour-là on se retrouvait à court de munition.

Pour ma part je n'ingère pas le bœuf. Le vendredi, pour moi, c'était carême. Au fond, ça me faisait un spectacle, deux belles rangées de têtes plus ou moins ressemblantes, un air de famille qui se trahissait çà et là aux cheveux blonds et aux taches de rousseur, et aussi à cette curieuse manie de mâcher vite sans se préoccuper du bruit, pas franchement bavard pour de l'Italien. Dans la famille, il n'y avait guère que dans la boutique qu'on se parlait vraiment, vociférant au-dessus de l'étal comme le requiert la vente, se renvoyant des ordres ou des récriminations pour juguler le brouhaha. Une fois à la maison, par contre, la mystique des embruns reprenait le dessus, le doux babil de la chose océane qui psalmodie quand elle n'a rien à dire. Le pain, le sel, à la rigueur le fromage pouvaient servir de prétexte à l'échange, en plus de mon cas bien sûr qui était toujours prétexte à considérations.

Si à table la conversation ne mobilisait guère, ce n'était pas qu'il y avait une télé allumée ou une radio pour accaparer les attentions, c'était tout bonnement que, sa petite conversation, chacun se la tenait à soi-même, revisitant toute une journée de lacunes et de travail bien fait, en se disant que demain il fera mieux, se taillant des tranches de gloire dans le souvenir d'une découpe, s'invectivant sans doute à ausculter un manque, cherchant à déceler dans tout ça une moindre avancée, un moindre pas sur le long trajet du progrès. Dans le fond, cette prodigieuse conscience professionnelle qui les animait tous, c'était comme un genre de quête ou d'ambition, non pas qu'il s'agît dans leur esprit de faire fortune ou d'annexer le voisin, mais tout bonnement de faire honneur à la faune, de la présenter au mieux et l'écailler jusqu'au lisse, vider le jus des êtres en les purgeant du sur, aller jusqu'à sucrer l'arête ou prémâcher le machin, tout ça pour jouir sans fin du plaisir pur de voir le client qui revient.

Bien sûr tout ça n'était jamais que de la conscience professionnelle, mais de la conscience tout de même. C'est d'ailleurs sur la pérennité de ce genre de principe que les gens trouveront toujours à bouffer, et que parfois, en y allant de sa petite charité chrétienne, même le mendiant de passage aura droit à sa part.

Le vendredi, c'est le bon jour dans la famille, et pour qui veut tenter de l'audace ou miser sur le narquois, le vendredi autant y aller tout droit. C'est donc sur le ton de la plus belle innocence que j'entreprends de les éclairer au sujet du Nobel, comme quoi ce gars-là, bien que butant rudement sur son projet, tout le monde lui fout la paix, une paix royale même, et plutôt que de le pousser à la tâche, plutôt que de chercher à le culpabiliser, son environnement entier redouble d'attentions délicates et de précautions bienveillantes, allant même jusqu'à lui monter ses plats dans sa chambre et à le border le soir de couleurs charmantes, lui glissant en prime la petite pancarte sur la poignée de porte…

Quelle gaffe n'ai-je pas faite là !, je viens ni plus ni moins que de leur servir à tous le prétexte de me déconsidérer un peu plus. Après tout, qu'un Nobel se retrouve à sec, qu'un conteur de première bute sur le blanc de la feuille faute de trouver le sujet, au bout du compte tout ça est parfaitement légitime, c'est du reste le propos prometteur du créateur en rade, celui-là même qui en inspire tant… à la limite ça porterait plutôt à la compassion. Au contraire, quelqu'un qui comme moi aurait entre les mains un des plus forts sujets qui soient – ni plus ni moins que l'escapade d'un phalanstère post-communiste sur le dos d'une baleine républicaine –, persécutés par une bande de déclassés dans les tons bruns, avec en second volet à l'épisode une inexorable ambition de conquête sur fond de décors méditerranéens, et l'accomplissement du projet majeur d'une dynastie visant à dominer le segment du poisson frais… qu'à partir d'une matière aussi féconde que celle-là un type n'arrive pas à dérouler le topo, qu'il ose prétendre ne pas savoir par quel bout prendre l'histoire, par quel bout commencer, celui-là au contraire n'aurait aucune excuse, aucune bonne raison de sécher…

Une fois de plus, ils me font le couplet de l'ingratitude, les parents qui se relaient en stéréo sur le mode du reproche, essayant de me refiler des scrupules comme si l'idée, c'était de me gaver, de me corrompre de sentiments coupables jusqu'à ce que j'en devienne leur obligé. Pendant ce temps-là, les autres mâchoires ne se privent pas de trancher paisible leur bout de vache, ravis du spectacle, pas mécontents non plus de n'avoir jamais franchement appris à écrire.

Il n'y a que l'humour pour désamorcer l'inexorable, il n'y a que le trait d'esprit pour se relever de la confusion, c'est pourquoi au lieu de me défendre ou de bricoler une justification vaseuse, je leur balance que, la brochure, ils n'ont qu'à la refiler à l'auguste, à l'autre Nobel du bord de mer, quitte à le dédommager en nature, puisqu'il paraît que le bonhomme est du genre à priser l'océan. Et puisque les Combi se prévalent d'être très regardants sur la stature de leurs prestataires de services, il serait dans l'ordre des choses de refiler la rédaction du dépliant à un nobélisé de première.

Le plus fort c'est que ça ne les fit même pas rire, signe qu'ils ne voyaient rien là d'extravagant, que la proposition leur paraissait même tout ce qu'il y avait de légitime et de fondé. De toute façon, dans l'ordre des impératifs, pour eux tout ce qui comptait c'était que la brochure fût effectivement bouclée avant le grand rush de l'été, un beau dépliant de dix pages maximum, sans trop de fautes, et si possible rédigé par un type un tant soit peu informé sur la chose marine et l'intitulé des poissons. L'autre contrainte étant, bien entendu, que ça ne leur coûtât pas un rond, ou alors pas plus qu'un plateau de fruits de mer ou une tournée de merlans. Maintenant pour le reste, que le prospectus fût rédigé par un Nobel de littérature ou, pourquoi pas, de physique chimie, alors là franchement ça n'était pas leur problème…

À force, c'est sûr, je la maîtrise, je pourrais même dire que je la dominais mieux qu'en vrai. Depuis deux ans que je planchais dessus, elle avait pour moi tous les aspects de l'animal domestique, j'en connaissais tout, j'en survolais tout, j'aurais même pu recomposer de mémoire tous les prodiges de déviations darwinistes qui l'avaient fait passer de l'unicellulaire à la baleine complète. De la même façon, j'aurais pu recomposer de mémoire toute cette généalogie subtilement bricolée des Combenec'h et des Bilawen, ceux dont la combinaison du miracle avait jeté les bases d'une association durable, outre tout un montage de mariages et d'accouplements, deux lignées indissociables émanées d'une poignée de grands-parents passables, qui avaient tout de même eu l'idée de pousser l'osmose jusqu'à donner chacun sa syllabe pour dérouter les procédures, désamorcer le procès en mythifiant les consonances.

Tous les clichés avaient été méthodiquement rangés dans un album complet – il y avait même la photo de la fameuse barque qui avait servi à leur périple, un frêle esquif idéalement posé sur cette plage devenue illustre. Pas la moindre émotion à retrouver ça, pas la moindre nostalgie, pas même le plus petit mirage de l'évocation, d'autant qu'en corollaire de la barque on voyait les ossements de la baleine jetés au second plan, puisqu'ils avaient poussé la reconnaissance à l'égard de l'animal jusqu'à le bouffer sur place. Du point de vue de la documentation, on peut dire que j'avais tout, il n'y avait plus qu'à rassembler l'ensemble, comme l'aurait fait n'importe quel hagiographe, et pourtant je n'y arrivais pas, pas moyen de trouver le moindre plaisir à glorifier l'avatar, pas moyen de trouver le moindre intérêt dans ce culte obscène qui consiste à déjouer son histoire en en réaménageant ses gisements.

Cela dit, le vrai drame, le moment de culpabilité totale, c'était quand on n'avait plus besoin de moi, que les frangins ratissaient tranquille le grand dépotoir des flots ondulés, et que la clientèle en bas s'était tassée, laissant la boutique encalminée dans ces phases délétères du non-achat. Par conséquent, puisque plus rien ne justifiait qu'on sollicite ma contribution, plus que jamais la tâche instruite m'incombait, la mission concrète de donner corps à tout ça, jusqu'à ce que la clientèle afflue de nouveau en bas, ou que le poisson en mer commence de faire défaut.

Ce jour-là, la chance remonta jusqu'à moi sous la forme d'intonations impérieuses et catastrophées, la voix d'un être cher et surestimé, ce chef de tous les chefs qui ne se déplaçait lui-même que dans les cas graves, soit pour nous rapatrier une raie plus ou moins évasive qu'on lui aurait vendue, soit pour exprimer de vive voix une récrimination. Parfois même, poussé par cette extrême conscience professionnelle grâce à quoi son trois-étoiles frisait la constellation, il passait juste à la boutique le temps de jeter un œil expert à l'arrivage, faisant des grands gestes au-dessus de l'étalage, cette simagrée abstraite du virtuose qui règle son orchestre. La voix du grand Labil était pourtant de celles qui portent, mais pour une fois j'étais obligé de tendre l'oreille pour deviner son propos, d'autant qu'il se mit soudainement à parler bas, sur le mode adouci de la supplication, un ton inhabituel pour lui, et qui illustrait bien ce que devait être son désarroi. La voix du père au-dessus de ça, tout de déférence devant le cordon-bleu, en devenait presque exagérée.

— Mais puisque je vous dis que des bigorneaux on n'en a pas, on n'en a même jamais eu, et quelles que soient les vertus de la génétique et de ses accommodements, jusqu'à ce jour on n'arrive pas encore à faire pousser de ces bestioles-là en mer plane... Je veux bien tout faire pour faire plaisir à votre Nobel, je suis même prêt à me décarcasser pour ça, mais je ne peux tout de même pas lui fabriquer de l'encoquillé...

Mais voyons, mais bien sûr que si ça se fabrique, comme tout le reste d'ailleurs, le bigorneau, à défaut de le cueillir il suffit de l'inventer... Et pour cela, suffit juste de couper menu ce qu'on a de calamar ou d'encornet, n'importe quel caoutchouteux, et avec ça de farcir serré ce qu'on trouve de coquilles à escargots et le tour est joué... Pour le reste, l'ail et le persil servent d'habillage, de toute façon dans ce genre de mets c'est toujours le condiment qui fait l'esprit de la chose, dans le cas des coquillages comme celui des crustacés, c'est à la mayonnaise de projeter ce qu'il faut penser du plat.

— Mais enfin qu'est-ce que c'est, ça ?
— Des bigorneaux voyons.
— Non, vous.
Le bon Nobel et sa brave dame, calés pépères sur leurs transats, sans du tout vouloir être offensants n'en détournaient pas moins étrangement la tête, trouvant un angle impossible avec la nuque, signe que pour des gens de leur âge il leur restait ce qu'il faut de souplesse dans l'articulation :
— Cette odeur voyons, mais c'est terrible...
— Non non, ne vous inquiétez pas, c'est pas eux, c'est moi.
Ces sommités n'avaient pas dû sentir de vraie marée depuis des lustres, en tout cas l'effet sur eux était cocasse. Ils étaient allongés sur deux longues chaises capitonnées, quelques autres personnes autour d'eux, tout aussi confortablement disposées, et en tenue de ville assez curieusement, pour des gens supposés prendre le soleil.

Quoi qu'on en dise, le Nobel doit tout de même bien conférer à ses récipiendaires un surplus de délicatesse, une patience qui les distingue du commun des mortels, car si les autres clients autour d'eux n'hésitaient pas à se relever pour aller poser plus loin leurs murmures, le bon Nobel et sa dame supportaient visiblement de me faire face, le temps au moins de juger de mes explications.

— … C'est de la part de la maison Combi, des Combi de chez Combi, poissonniers-pêcheurs depuis vingt générations, fabricants à l'occasion.

Vaguement rassurés de comprendre que l'exhalaison ne venait pas des coquillages eux-mêmes, mais bien de la blouse, ils tolérèrent que je dépose mon offrande sous leur nez, au milieu des deux petits parasols qui ombrageaient le Martini.

À chacun d'assumer sa part d'inconscience, à chacun de s'y soumettre, mais quelles que soient les vertus de l'audace et les rançons de la témérité, il n'en reste pas moins très délicat d'aborder des notoires, la réticence en l'occurrence, procédant autant de l'appréhension que de la bienséance. C'est pourquoi, pour ne pas tomber dans le piège d'une révérence exagérée, je me résolus à ne voir là que deux baroques ensablés, deux vieilles peaux que le soleil tannait un peu plus, deux fanés qui n'arrivaient même pas à venir à bout d'un malheureux Martini.

Et au nom de quoi se laisserait-on impressionner par un Nobel en carafe, un auteur en rideau, au nom de quoi fleurir le mythe d'un type qu'est même pas foutu de garnir sa page blanche et qui flanche au niveau du sujet… Comme le dit le mareyeur dans l'épreuve de la criée, l'astuce pour minimiser l'interlocuteur, c'est de pointer sa lacune, partir de sa faille, c'est pourquoi je lui balance froidement, au Nobel :

— Et alors, c'est peut-être pas vrai ce que tout le monde raconte sur vous, cette rumeur qui enfle à mesure que s'amenuise l'à-valoir, hein… C'est pas le tout d'avoir la reconnaissance et les stylos qui vont avec, encore faut-il avoir le sujet…

— Mais enfin, jeune homme, qu'est-ce que vous racontez ?

— Si seulement vous vouliez passer ne serait-ce qu'une heure à la maison, vous verriez que chez nous c'est pas le sujet qui manque, d'autant que pour l'étayer on a tout, les photos, la vieille barque, des profusions d'ancêtres aux déviations multiples, tout le collier de péripéties qu'on porte ancré dans nos mémoires, et qui sert à nous resituer quand le besoin s'en fait sentir… En plus, pour vous qui êtes l'élu de la cause des peuples, qui vous êtes mouillé pour le salut du Tibet ou pour redonner le goût de l'action aux Massaïs, vous qui versez l'encre pour vanter les particularités, je vous prie de croire que l'épisode du phalanstère s'exilant à flanc de baleine, pauvre poignée de petits destins émancipés du fascisme par une barque à fond plat, dix jours de mer et même pas une nausée, vous verriez que du point de vue de la dissémination des peuples ça vaut le coup de stylo… Et encore, cette mythologie-là n'est rien au regard de la vérité, car le coup des chemises noires, si effectivement elles l'étaient, c'est tout bonnement que les huissiers ont toujours la manie de s'habiller comme ça, à la limite la question du coloris c'est même pas un mensonge…

Évidemment le brave homme aurait pu me reprocher de faire vite, d'aller trop avidement à l'essentiel, mais la perspective du petit dispositif aimablement sécuritaire qui progressait vers moi me contraignait à l'ellipse. On pourra dire ce qu'on veut, mais encore une fois c'est le poisson qui me sauva de l'humiliation, parce que en m'arrivant dessus, austères et décidés, les deux balèzes tiquèrent rudement, butant sur le paravent de l'odeur mieux que sous le coup d'une riposte. Encore une fois l'effluve prenait le parti de ma cause, et plutôt que de m'empoigner ferme comme le voulait le rite, les cerbères marquèrent un pas de retrait, se contentant juste de s'intercaler entre le Nobel et moi-même, sans autre forme d'injonctions que des phrases incomplètes, des borborygmes incomplets, avec le geste mineur m'intimant de bien vouloir déblayer. Pas de quoi leur en vouloir, après tout ces gens-là ne font jamais que leur métier, d'autant qu'il était bien stipulé que les scooters étaient interdits sur la plage.

— Les Établissements Combi, vous vous rappellerez…

La franche vexation qui consista à me faire passer un jour en mer sur le *Royal Combi*, en guise de disposition punitive, n'était rien à côté de celle qui m'assigna de passer trois jours en dessous. Trois jours à supposer la ligne de flottaison, trois jours à reprendre le trait en assoyant bien le trajet du pinceau, recomposant de mémoire l'esprit général des mesures, histoire d'être sûr que le bateau flotterait bien à partir de là, et non pas dix centimètres au-dessous, auquel cas ce serait la bascule assurée au premier coup de gîte.

— On te l'avait bien dit qu'à force de tout poncer comme un malade on ne retrouverait jamais la marque. Et d'abord, d'où elle part la ligne de flottaison, hein, et quel intérêt de la faire droite ?

Pour essayer de la retrouver, ils avaient amené sur place la photo du bateau, celle qui penche depuis vingt-cinq ans sur les murs calmes du salon.

Autant dire que les critiques fusaient à mon endroit, qu'ils l'avaient tous un peu mauvaise, d'autant que le coup des bigorneaux était très mal passé, surtout dans le circuit de viscères du bon Nobel. Sa dame, elle, n'avait rien trouvé à redire, au contraire, en ce qui la concernait il paraissait même que la dégustation l'eût enchantée, d'ailleurs elle avait assuré aux autorités de l'hôtel que si le grand homme avait passé sa nuit à zieuter le fond de la cuvette, c'était bien plus de la faute à la mayonnaise du Miramar qu'aux coquillages de chez Combi.

— Puisque je te dis qu'un bateau ça surnage à partir de là... de toute façon c'est pas la peine de le faire flotter trop profond, car le plus on en met hors de l'eau, le plus il va vite...

De tous, le père était bien le moins insatisfait de ma mégarde, pour lui, sans rien revisiter de la structure ni de la conception du valeureux chalutier, on avait là l'opportunité de rehausser la physionomie générale de la nef en la faisant tenir plus haut sur l'eau, en la relevant du col, de vingt bons centimètres au moins. Le gain d'une telle altitude était double, car en plus d'être économique en minimisant le frottement, notre rafiot aurait fière allure une fois stagnant dans le port au milieu des autres éléments, les dépassant tous d'une tête.

— Un bateau, plus ça flotte haut, plus on peut le remplir.

Kevin par contre, lui qui était le seul vrai maître à bord, le seul à manœuvrer le rafiot et à savoir les comportements des flottants, écoutait nos projections vaseuses avec la distance des grands écuyers. De son point de vue, toutes nos tergiversations ne changeraient rien à la chose, la ligne de flottaison, on pouvait bien la tracer en bas de l'étrave ou au niveau des bouées, quoi qu'on fasse, une fois dans l'eau un bateau se met bien à flotter à partir d'où il veut.

Bien sûr sa façon de voir les choses, définitive et argumentée, nous rendait tous un brin perplexes, dans ces conditions à quoi servirait de dessiner une grande ligne sur le bateau comme ils le font tous, un trait subtil qui va même jusqu'à faire le tour, si ça n'est pour notifier à la nef à partir d'où il serait bon qu'elle lévite.

Pendant ce temps, le brave rafiot restait planté là, couleur bois, tout conçu à partir de la poutre, attendant qu'on se décide à lui tracer les contours de ce que serait son horizon. La mère bien sûr, influencée de considérations maternelles, italianisante à souhait, tenait à ce qu'on s'arrête sur l'option la plus stable, celle qui assoirait le plus posément le mobile, afin qu'en cas de gros temps on perde le moins de frangins possible. Pour le père, la question de la tempête ne se posait même pas, pas plus que celle du naufrage, d'autant que ce n'était pas pour rien qu'il nous avait tous appris à nager.

Un des grands drames de la vie, la vraie lacune, c'est de ne pas trop fréquenter d'érudits, de ces doctes enseignés sur toute chose, des instruits qui ne craignent pas d'aborder n'importe quel sujet à la lumière de ce qu'ils savent sur les autres. Le seul instruit qu'on fréquentât, le seul qu'on n'osât jamais vraiment contredire, c'était ce cher brave Ibabourne, le maîtrisé de français. Ce gars-là, en bon pédagogue qu'il était, ne nous refusait jamais le moindre éclaircissement sur tel ou tel cas de figure qui nous désappointait, telle ou telle question qui se posait, sachant que chaque fois qu'on le mettait à contribution il ne repartait jamais sans son bouquet de crevettes ou sa belle tranche de thon. Le cher brave homme daigna donc délaisser ses devoirs pour marcher jusqu'au port, et nous éclairer de ce qu'il savait d'Archimède et de ses grands principes.

En voyant la coque à nu, toujours aussi sourcilleux, déjà il nous alerta sur les quelques planches qu'il trouvait disjointes. En disant cela, il entamait un peu de cette autorité qu'on lui concédait, au point que le père pour une fois n'hésita pas à le reprendre.

— En mer la question n'est pas de savoir quelle est la quantité de liquide qui s'engouffre dans le navire, mais de s'assurer que le débit des pompes sera suffisant pour pallier les voies d'eau.

— Tout de même, mon cher Combi, on ne peut laisser son bateau sucer le flanc des vagues sans craindre qu'un jour ou l'autre il ne devienne insatiable.

C'est là que les parents découvraient cette manie irritante qu'avait ce bonhomme de toujours vous opposer des phrases, ne craignant pas d'adjoindre ses propres interrogations à un problème non encore résolu.

Après ça, il nous fit des remarques sur ce qu'on projetait des couleurs, sous prétexte que l'association du rouge, du vert et du blanc, ce tricolore frelaté, ne rimait à rien dans la région, pas plus que cette idée de planter un deuxième chalut à l'avant, un dispositif qui mériterait pourtant d'être breveté.

Même pour un type comme lui, un docte qu'on respectait tous, en vertu du principe qu'aucune instruction n'est coupable, il n'empêche que dans l'ordre de l'impertinence ça commençait à faire beaucoup. Comme ça, pour le faire taire, nous vint l'idée de lui river le pinceau entre les dents, et de lui faire faire le tour du bateau en traçant le trait, ne doutant pas que la perspicacité du polydiplômé lui dessinerait le sourire à la hauteur adéquate.

Aussi large et évasée qu'on la dessine, aussi fourni qu'en soit le tracé, le doux contour d'une ligne de flottaison sur les flancs d'un navire n'autorise en rien de prétendre que le bateau soit paré. Ne me restait plus qu'à peindre tout le reste, une épreuve à la mesure de ce qu'on voulait que soit l'humiliation.

Sous ce bateau, je la voyais mieux, ma vie, depuis cette hauteur même d'où on la considère avec l'âge. D'avance, c'était comme si elle était faite. Le plus simple aurait été de se conformer au schéma familial et à sa relecture de l'histoire, d'entonner *Avanti popolo* dès que la bonne humeur régnait, quitte à tâtonner dans le couplet, arrêter de leur opposer mes états d'âme quant à leur maniement du vrai, se mouler dans le mensonge, m'y conformer jusqu'à la moelle pour peu qu'au moins on me foute la paix. Quant à l'autre arrière-grand-père et sa bordée de congénères, après tout c'est vrai qu'ils auraient parfaitement pu être d'origine italienne, ou pourquoi pas ouzbek, de toute façon ils maîtrisaient si peu le français qu'à l'époque on les aurait volontiers pris pour n'importe quoi. Ce sabir étrange qu'ils dissipaient sur les marchés, ce breton refoulé qui les soulevait d'intonations, tout le monde s'était fait à l'idée que c'était leur approche du français, un français entravé de résidus transalpins, sabordé d'indigence, et plutôt que de les plaindre ou les railler, tout le monde louait cet effort estimable de se conformer au parler. Le breton pur, par contre, ils le réservaient pour la maison, c'est d'ailleurs bien pour ça que dans ce climat de Provence infernal, ce Midi où la chaleur traîne sans fin sur sa lancée, les Combi étaient les seuls à vivre toutes fenêtres fermées à longueur d'année, tout ça pour ne pas troubler l'enfilade de ruelles de leurs intonations gaéliques.

À ce jour, personne dans la famille ne songeait à remettre en cause le déroulé de nos origines, pas la moindre celtitude pour tarauder l'un ou l'autre, en tout cas pas au point de l'amener à revendiquer. Que ce fût Kevin, Erwanito, Gwënaella ou Marina, aucun ne se sentait l'âme de se concevoir à partir de la sève, pas un ne sentait poindre en lui l'appel des landes épaisses et des coulées verdoyantes qui courent jusqu'à un vrai océan, pas un pour ressentir le vif appel de ces marées d'amplitude qui s'amorcent à grands coups d'Atlantique, pas un pour avoir la nostalgie de ces automnes passés à se protéger de la pluie et à inhaler le crachin, finir son escapade sur un bon bol de cidre, se colmater la couperose à grands coups de sarrasin.

Cette famille-là, c'était désespérant à quel point elle respirait la Méditerranée, à quel point elle s'y était faite. Du point de vue du navigateur, sans doute les frangins voyaient-ils tout le bénéfice pour eux de devoir se confronter à des éléments aussi peu farouches, à la limite, du point de vue du marin c'était compréhensible, mais pour les frangines il en allait de même, toujours pas lassées de la mer chaude, des plages courtes et de ce ciel en luminaire de juillet à juin.

Bien sûr je n'en montrais rien, bien sûr je le gardais pour moi, mais de leur part il y avait bel et bien du parjure dans cette naturalisation-là, ils avaient tout du renégat, tout ça pour ne pas avoir à assumer l'image de ces marins blêmes et désorientés, ces facétieux fuyards s'improvisant transatlantistes, giclant sur des rives imprévues pour des raisons certes coupables mais qui après tout ne regardaient qu'eux. Leur seul tort, en fin de compte, aura bien été de n'avoir rien prévu d'autre à titre de provisions pour pallier la soif que de l'eau-de-vie et du chouchen, boissons tout ce qu'il y a de sommaires, mais qui en plus de désaltérer offrent le bénéfice de la distraction.

Si ça ne tenait qu'à moi, leur historique, je le cuisinerais à ma façon, selon le point de vue péninsulaire, ne négligeant pas d'éclaircir l'épisode en le relatant par le menu, remontant jusqu'à la mythologie des pêcheurs d'Islande et des morutiers de grand large pour bien planter le décor, le tout trempé dans du Loti pour trouver le ton juste, j'invoquerais la mémoire de ces légions de sacrifiés, tous ces marins de l'ombre sombrés à jamais dans l'envers du décor, délités par l'eau froide, toutes ces pauvres vies sabordées pour que le bourgeois ait son arête dans le plat, que le continental se gâte, des bordées d'héroïsme liquidées au prix de la morue au kilo... à la limite, dans la lancée j'irais jusqu'à revenir sur l'annexion, emporté d'ascendance et exalté de séparatisme je reviendrais sur les dispositions même de François I^er^, ressuscitant la colère des pairs jusqu'à maturité de la revanche, des braves types engloutis par leur rédemption, abîmés dans la gueule même d'un péril qu'ils croyaient dompter... Mais d'une part il n'y aurait rien dans tout ça pour ancrer les Combi à l'Italie, rien qui satisfasse l'arrière-pensée des promoteurs, et surtout ce serait rudement entamer le mythe de l'exil, passer du statut de réfugiés à l'instance d'arriérés. De Du Guesclin à Cadoudal, en Bretagne les mythologies sont friables, rattrapées par l'histoire, que la nôtre au moins soit à l'abri.

Bon Dieu, quelle épiphanie, en tout cas c'était bien la première fois que nous venait un peu de l'éclat de la Suède, de ses brillances de cristal congelé, dans notre humble poissonnerie.

Le père jusque-là, on ne l'avait encore jamais vu à quatre pattes, pas même pour ramasser de ces ustensiles qu'il lui arrivait de faire tomber, mais face à ce qui était la représentation même de la sanctification de l'instruit – même si après tout du prix Nobel il n'y avait là que sa femme –, voilà qu'il révélait des trésors de révérence et d'obséquiosité à ce jour inconnus.

Le plus admirable dans la séquence, c'était que la dame, pour auréolée qu'elle fût du prestige de son mari, mise en plis et puissamment poudrée, ne semblait absolument pas souffrir de l'environnement poissonneux qui était le nôtre. Sans nullement forcer ce qu'elle inspirait de politesse, elle alla jusqu'à déclarer que ça sentait fameusement bon. Du coup on en avait presque honte, de nos poissons, de les savoir là, livides sous les yeux de l'altesse, absolument pas apprêtés, pour un peu nous serait presque venu le réflexe de nous planter devant eux pour en occulter le spectacle.

Bien qu'habituée à fréquenter le merlan sous des tournures moins crues, elle ne manqua pas de souligner l'excellence de sa tenue, ainsi que le pur carmin de notre thon et la sveltesse des soles qu'elle voyait couchées là. Toutefois, l'œil passablement éteint du chinchard ne lui échappa pas, même si le père prétexta une probable fatigue du voyage, ou un état d'âme passager. Pour le reste elle se disait parfaitement ravie de découvrir de plus près nos étals, depuis le temps qu'elle en entendait parler, depuis le temps que tous les sauceurs du Miramar lui en vantaient les mérites. Elle ne broncha pas quand le père crut bon de nous présenter les uns après les autres, dans un protocole de cour, nous priant chaque fois d'être assez aimable de plier le genou tout en serrant la main de la dame. C'est là que l'altesse s'arrêta sur moi comme si elle me reliait à un souvenir fameux. Non seulement elle était enchantée de me reconnaître, mais elle avoua être passée très précisément pour me voir. Bien entendu, sur le coup on sombra tous un peu dans le perplexe, supposant que la brave dame ne s'était toujours pas remise du coup du bigorneau, et qu'elle était venue là ni plus ni moins que pour manifester une ultime forme de récrimination. Pourtant non, car à la façon qu'eut son vieux sourire de s'obstiner sur ma gêne, ce trop apparent contentement, on supposait bien qu'il ne devait pas s'agir de ça.

Qu'on soit bien sûr d'une chose, puisqu'en ces temps de gloires faciles quantité d'idoles nous encombrent, pour ce qui est des distinctions littéraires, il est clair qu'elles décuplent les êtres qu'elles encensent, qu'elles les soulignent d'un éclat qui ne vient pas seulement des métaux qu'elles annoncent. La classe. Cela dit, on n'imagine pas non plus refiler le Nobel à un subalterne, un indigent mal sapé à l'épouse en ruine.

Surtout dans une poissonnerie, il est bon de voir des êtres distingués, nuancés de délicatesses et de précautions, de sorte qu'ils ne sont jamais brutaux dans la remontrance, ni trop directs dans la formulation. C'est ainsi que sur le cas de ma probable insolence elle ne dit rien, rien sinon qu'elle tenait absolument à me revoir, qu'elle était même disposée à me recevoir dès le lendemain dans un des salons du palace. Le plus fort, c'est qu'elle me disait ça avec des intonations quasi plaintives, comme si elle craignait de m'importuner.

La mère, aussi radieuse et décontenancée que si on avait reçu la reine d'Angleterre, ne savait plus quoi faire pour manifester sa reconnaissance. Tout en donnant de la révérence, elle façonna un beau cornet de crevettes grises et de gambas que la dame n'osa refuser, un bouquet qu'elle cala délicatement sous son bras, avec la gratitude qu'on accorde aux fleurs coupées.

Évidemment, le soir à table il n'était question que de ça. Ce n'était pas qu'on me parlait davantage, mais on m'ignorait moins. Ainsi, aux yeux des miens et du reste du monde entier, je pouvais me prévaloir de telles fréquentations. Mais qu'avais-je donc bien pu dire, faire ou raconter, pour m'attirer la sympathie d'une moitié de Nobel, au point que la dame vînt me relancer jusque-là ? D'autant que ce n'était pas notre genre d'attirer les notables, du moins jamais sur d'autres critères que ceux qui tenaient à la qualité intrinsèque de nos produits.

— Si elle veut te voir, c'est sans doute pour obtenir tel ou tel renseignement sur la configuration des espèces, ou sur les temps de cuisson, dans ces conditions ce serait peut-être plus prudent que ton père y aille.

— Non non, les littéraires, c'est pour moi.

C'est là que je leur rendais la monnaie de la pièce, c'est là que je touchais le dividende de toutes ces séances à ingérer le français, et toutes ces maudites années à désespérer l'Ibabourne, au point que sa femme aurait plusieurs fois demandé le divorce, voilà que cette fois elles me servaient au moins à ça, à m'ériger de fait comme l'interlocuteur privilégié de la maison Combi face à la clientèle illustre, et ce sans que personne ne pût rien trouver à redire.

Maintenant si je leur avais dit que le Nobel espérait sans doute me voir au sujet de la brochure, que tout compte fait l'auguste s'était vraisemblablement décidé à me tisser l'historique, et ce sans le moindre devis préalable, sans même demander une avance, si je leur avais dit ça, d'une part ils ne m'auraient pas cru, et surtout ils n'auraient pas manqué d'assaillir le brave homme de recommandations intenables et de directives complexes, parfaitement désobligeantes pour un prosateur de son rang.

Un engin déjà largement éprouvé, un navire qui a maintes fois fait la preuve de sa flottabilité, ne justifie en rien de susciter la moindre inquiétude au moment de sa mise à l'eau. Et pourtant, depuis le début de la matinée qu'on était là, costumés et blanchis comme pour une communion, l'appréhension ne cessait de croître, au point que dans la pauvre famille, plutôt que de vivre la séance comme une simple formalité, on était tous tellement nerveux qu'on en chialait d'avance. On se serait cru à un enterrement.

D'un certain point de vue, c'est vrai que la procédure est la même, déjà il faut compter sur la disponibilité des gens qui officient, ensuite selon une ordonnance salubre il faut attendre que ce soit votre tour, puisque dans ce genre de cérémonies-là aussi, en plus d'y avoir un rituel, il y a toujours tout un tas de gens à vouloir passer avant vous.

La petite différence tout de même, c'est que le père avait refusé la présence du prêtre comme cela se fait parfois, pas question de faire donner l'encensoir au moment du lancement, d'autant qu'en la circonstance ça tenait bien moins du baptême que de la confirmation.

Le caractère vaguement tristounet de la célébration tenait sans doute aussi au peu d'enthousiasme que manifestait le bateau lui-même. Dressé sur ses rails, il dominait la mer du faîte de son plan incliné, la regardant de haut, toisant l'onde comme le glaive pointe le vaincu. Pourtant, malgré la noblesse de l'attitude et la fraîcheur des peintures, le rafiot avait un peu de cette fatuité surfaite des brocantes qui pavoisent, sachant que leur force tient bien plus à l'élan de leurs souvenirs qu'à l'allant de leurs projets; pour dire vrai, ça se voyait tout de suite que ce bateau-là n'avait plus le goût de tremper.

Les couleurs malgré tout parvenaient à donner une tonalité chantante à la nef, sur ce point-là encore les parents avaient gagné, car selon leurs desseins initiaux le rafiot était repeint aux trois teintes nationales, le vert, le rouge et le blanc.

Autour de nous, plusieurs autres patrons de pêche étaient là, dans les mêmes dispositions que nous, affublés d'une assistance passablement fébrile, pas trop bavarde non plus. Dans le fond, l'inhumation est plus diserte, elle offre au moins le prétexte de la glorification du souvenir, toujours magnifié, il y a aussi la voix du prêtre et les circonvolutions de son sermon pour ouvrir le champ d'une moindre critique, d'un assentiment, voire de quelques appréciations… et surtout il y a les prières qui régulent bien le propos, des fragments d'infinis qui face aux pires situations permettent finalement de trouver les bons mots.

Autour du bassin, ce morceau de port protégé de la mer, il n'y avait guère qu'un couple de plaisanciers suisses pour trouver ça gai, d'autant qu'en ce qui les concernait c'était une vedette qu'il s'agissait de redisposer sur le liquide, un bijou de quinze mètres et au bas mot cinq cents chevaux. Ceux-là par contre, l'idée qu'on remette à l'eau leur petit chez-eux, visiblement ça les comblait, ils s'en faisaient presque une fête. C'est dire à quel point la mer est ingrate, puisqu'elle prodigue bien plus de plaisir à des occasionnels qui la fréquentent qu'à ses fils patents qui la parcourent à longueur d'année.

Après les Helvètes arrosés de champagne, ce fut notre tour. Le *Royal Combi Navigazione* s'ébranla du haut de son tremplin, avec l'élégance désabusée des êtres rescapés de leur désespoir – une sorte de cygne acculé qu'on aurait réveillé, et qui condescend à descendre devant vous, mais sans rien réprimer de sa mauvaise humeur. Même si dans ce genre de circonstances il n'y a pas le moindre suspense quant au dénouement, même s'il est dit que d'une façon ou d'une autre le bateau flottera toujours, il y a tout de même un petit moment de doute farouche, le moment précis où l'étrave commence de fendre l'eau.

En passables Italiens, la mère et le père entreprirent de faire des grands gestes avec les mains, tournant le dos à la scène en se masquant les yeux, évidemment ils ne voulaient pas voir ça. Il y eut même ce passage de profonde équivoque où le bateau, venant tout juste d'entamer l'eau, continua d'incliner sur sa pente, sans le moindre soubresaut venu de l'avant qui eût attesté la plus petite intention de se redresser. Puis, après ça, il y eut l'inquiétude pure et fondée, avec les mains qui retombent et plus rien pour se cacher les yeux, une perplexité béante à voir le niveau de l'eau passer largement par-dessus l'étrave, avalant le pont arrière puis le bateau en entier, angoisse décuplée par la vue de l'eau visitant la cabine en s'engouffrant par les portes. La vision fut brève, bien sûr, mais suffisamment captivante pour forcer à ne plus regarder que ça. Les plaisanciers d'à côté en avaient délaissé leur vedette, et la concurrence commençait de nous lancer des petits regards sincèrement désolés.

Au milieu de cette faune de spectateurs captivés, je sentis les regards réprobateurs de toute une famille se porter sur moi, comme si mon insistance à passer plusieurs couches d'antirouille avait pu à ce point surcharger le navire.

Pour être juste et valider cette stupeur ambiante qui virait à l'épouvante, il faudrait dire aussi l'épisode de l'immersion totale, secondes cruelles où il n'y eut plus que les bouées à apparaître vraiment, flottantes par nature et en toute circonstance, alors que le reste du bateau s'était rigoureusement éclipsé sous les flots, littéralement phagocyté par la surface. Un temps, l'onde resta ainsi posée, dégagée et plane comme le suspect feint l'innocence, nous plongeant tous dans ces stupeurs où les mots ne viennent même plus. Cela dit, fort heureusement, avant même d'avoir eu le temps de maudire Dieu sait qui ou d'agonir la trinité, advint le sursaut rédempteur, le moment de grâce qui résorbait tout, c'était la vue souveraine de notre pachyderme recraché par les eaux, le *Combi* se révoltant d'un bond en revenant par le dessous, jaillissant en dauphin facétieux, dédramatisant une fratrie qui commençait de mélanger les projets de représailles et d'abjurations.

— Mon Dieu *signore Combi, non l'ho fatto apposta, non l'ho fatto apposta...*

Faute d'appréhender l'italien autrement que par le geste, le père n'entendit que goutte aux explications de l'ouvrier de chantier. Par simple déduction on pouvait juste supposer qu'il avait oublié de dériveter les mâchoires de largage, si bien que le *Combi* avait suivi le rail jusqu'au fin bout de la pente.

Avoir cet élément d'explication suffit à nous rassurer tous. Déjà l'atmosphère renouait avec la célébration, et quelles que fussent les péripéties qui animèrent la séquence, l'essentiel était bien que le *Royal Combi* flottât là devant nous, tel qu'on pouvait le voir sur le glorieux portrait qui trônait dans la salle à manger.

Sur sa lancée, le bateau avait pris ce peu d'élan qui justifiait qu'il avançât encore et, comme le poisson relâché reprend instantanément le goût de fuir, il nous dessina un joli mouvement l'éloignant paisiblement de la côte, nous rassurant sur la réalité de ses aptitudes.

À le voir s'éloigner sans buter sur rien, nous venait l'idée de se dire que cette fois ça y était, la cérémonie était belle et bien terminée. On éprouvait même ce petit remords de ne s'être pas réjoui davantage, d'avoir nuancé la fête par un brin de scepticisme, de ne même pas avoir pris une photo. Après tout, l'essentiel était bien que notre navire fût à nouveau flottant, remis entre les mains expertes de notre bon Kevin, ne doutant pas que ce fier marin nous éblouît bien vite de son habileté à la manœuvre, et que d'un bateau ingrat qui s'en allait inexorablement vers le large, il nous refît ce bon gros rafiot qui se ramènerait vers nous.

— N'est-ce pas, Kevin…

Évidemment, de raconter ça le lendemain à la dame, voilà qui la chavira de fous rires et d'émotions *a posteriori*, surtout l'épisode consternant où l'on s'était tous bêtement regardés, essayant d'évaluer au plus vite lequel d'entre nous nageait le moins mal en vue de tirer un câble jusqu'au navire. Finalement ce fut Erwanito qui sur décision du père se noya jusque là-bas, le cadet encombré d'une corde curieusement serrée entre les dents, essayant de rallier le *Royal Combi* en inspirant le moins d'eau possible, et finalement sauvé par on ne sait quel morceau qui dépassait de la coque, une planche probablement désolidarisée de l'ensemble et qui nous vaudrait du souci d'ici quelque temps.

— Mais ce n'est plus une mise à l'eau que vous me contez là, c'est un vrai naufrage.

Cette femme-là, sans du tout la connaître, je l'apprécie déjà. Cette amabilité constante, cette façon d'accorder au moindre de mes propos une attention manifeste, et cette délicatesse qu'elle a de ne pas s'offusquer lorsque, au moment de nous asseoir dans les salons du Miramar, le vide ostensiblement se fait autour de nous. Mine de rien les tables environnantes soudainement se libèrent, à croire que ma présence éparpille les mémés délicates et les revêches gloussant d'indignation, toutes ces silhouettes en gâteaux secs qui dégagent une à une vers le hall, libérant un espace dont la Nobel elle-même se félicite.

— Franchement, quel intérêt de descendre dans les palaces si c'est pour se retrouver les uns sur les autres, vous ne croyez pas ?

À coup sûr la dame trouvera ce moindre bénéfice à ma fréquentation.

— Pourtant je vous assure qu'avant de venir j'ai changé de blouse...

— Non, jeune homme, ne vous justifiez pas, d'autant que les senteurs maritimes me ravivent, je pourrais même dire qu'elles sont bien les seules perspectives qui m'invitent à la vie, ainsi voyez-vous, enfant, on m'envoyait de longs mois en cure à Saint-Jacut-de-la-Mer, pour cause de rachitisme, toute une enfance à inspirer le grand large et à ne manger que du frais pêché, faute de quoi je ne serais sans doute pas là aujourd'hui pour vous parler.

Après l'entrée en matière il y a les molles tergiversations à propos de ce qu'on va boire, en ce qui me concerne il est hors de question de prendre un alcool à cette heure de l'après-midi, quant au café ça énerve et le thé diurétise, pour le reste une mauvaise conscience m'interdit le Coca. C'est donc elle qui soulage le serveur en optant pour deux grands jus de fruits français, deux seulement, signe que pour l'heure il n'est pas prévu que le Nobel nous rejoigne.

— Dommage qu'il ne soit pas là, parce qu'il pourrait rudement me dépanner, vous savez, d'autant que pour lui la tâche serait facile, dans le fond le plus gros est fait, il n'y a plus qu'à agencer, pour le reste l'histoire est là, et pas banale, croyez-moi...

— Sachez, mon cher, que je commence à le mesurer.

— Pour ce qui est du volume il n'aurait pas à se casser la tête, dix pages tout au plus suffiraient, même huit s'il veut.

L'étrange dans tout ça, c'est que la dame paraît douée d'une intuition pas pensable, parce que avant même que je lui révèle quoi que ce soit de la saga, avant même que je l'initie à l'errance passable de nos ancêtres sur le sirop des mers, cet exil impromptu mortifié par la peur, elle semble captivée. De l'épopée proprement dite je ne lui ai encore rien dit, rien divulgué, mais déjà elle n'a plus qu'une envie, me faire parler.

— Vous savez, jeune homme, pour un auteur comme mon mari, un être épuisé par la lecture de tant d'ouvrages, rongé par la rédaction des siens propres, au-delà des honneurs et des satisfecit, se repose immanquablement et à cycle régulier la même question, celle qui nourrit le doute en plus de fonder le désespoir, celle qui par printemps entiers l'accable, le foudroie et l'étreint plus avidement encore qu'un vide ontologique, aussi lancinante et sourde qu'un constat sur le rien, prémices certaines d'apostasie ou de crises autogènes...

Évidemment il fallait s'y attendre, à côtoyer la fine fleur de l'instruction même, à se mélanger à sa conversation et à ambitionner de la suivre, il n'était pas dit que j'en saisirais tout. La grande dame a de ces formules toutes d'explications et de digressions enjouées qui me plongent dans le perplexe, le genre de phrases en bonbons qui font dix fois le tour de la bouche avant qu'on retrouve le goût, mais plutôt que de me risquer à la désobligeance, je fais mine de comprendre, lui donnant du plissement de l'œil entendu, acquiesçant au-delà de ses espérances.

— Savez-vous, votre irruption de l'autre jour, sous couvert de bigorneaux, je dois vous dire que sur le coup elle m'est apparue pour le moins incongrue, pour ne pas dire inconvenante, mais à la réflexion je dois vous dire que je la conçois comme une véritable bénédiction, une coïncidence salvatrice… Écoutez, je ne vais pas y aller par quatre chemins; si je tenais tant à vous voir, c'est effectivement pour que vous m'entreteniez de votre, comment dire, de votre sujet. Bien sûr, dans un premier temps je dois vous avouer que j'étais un peu réticente à une telle procédure, pour tout vous dire j'ai même pris l'initiative de cette démarche en considérant qu'elle était parfaitement inopportune et injouable, mais depuis que je vous ai sous la main, depuis que je vous entends, j'ai l'impression qu'il émane de tout ça quelque chose d'à la fois consistant et subtil, d'invraisemblable et patent, un magnétisme irradiant de rocambolesque, de ces tournures d'originalités que mon mari aime à polir et qu'il convoite comme une pechblende… vous voyez, je ne crains pas de vous le dire; vous m'intéressez.

Pour que le projet l'attise avant même que je lui raconte, pour qu'elle s'emballe d'emblée, sans même me laisser le temps de lui présenter le topo, c'est sûrement le signe que cette idée de brochure a du bon, l'idéal étant, bien sûr, que le tout soit plié avant le grand rush de cet été, histoire d'appâter le consommant, d'en rabattre le plus possible vers nos étals à nous.

— Oh mais doucement, jeune homme, comme vous y allez, dites-vous bien que toute conception est un processus respectable et délicat, une transmutation à laquelle il faut laisser tout le temps de mûrir afin qu'elle s'élabore, une disposition qu'il faut couver comme une prémonition, remiser comme une pâte… c'est une vraie charge que tout cela, vous savez, une mission sans relâche, un travail de longue haleine en tout cas, ça ne se fait pas comme ça…

— Il ne faudrait pas non plus que votre mari se casse trop la tête, à la rigueur il peut même s'en tenir à une douzaine de pages, vous savez, ou même dix, l'essentiel étant pour nous qu'il s'en tienne à un nombre pair, histoire de pouvoir brocher par le milieu… et même s'il veut, pour aller plus vite il n'aura qu'à écrire gros, ou mettre tous les mots au pluriel, ou pourquoi pas taper le tout en majuscules et y fourguer des dessins…

— Comme vous êtes drôle.

— Nous aussi on l'aura, notre scandale, le grand procès avec tout un peuple à nous montrer du doigt, pas de raison que le poisson y échappe, un jour ou l'autre nous aussi on aura droit au grand déballage et aux psychoses en boucle, parfait schéma de l'inertie médiatique qui démythifie tout et promet de jeter les bases de perspectives salubres... Il faut reconnaître que jusqu'à ce jour le poisson n'a toujours pas été attaqué, pas la moindre once de soupçon à peser sur sa brasse, pas la moindre ombre au tableau et, parmi tout ce que le règne animal compte de comestibles, l'aquatique est bïen le seul à être encore indemne, exempt de toute suspicion. Mais je vous prie de croire que, du scandale, nous aussi on en aura, c'est promis, on n'y coupera pas, tôt ou tard il faudra l'affronter, l'avanie, tôt ou tard il faudra se défendre des assertions perfides et des enquêtes fouillées, dites-vous bien que le poisson lui aussi devra balayer des doutes, parce que lui aussi on le rangera aux côtés des prodiges de la transmutation et autres prestidigitations fumeuses, des formes massives d'antipublicité, et d'ici que les huîtres se mettent à marcher et que les saumons caquettent y a pas loin... À la limite, c'est même ce qui pourrait nous arriver de mieux, parce que, jusque-là, du poisson jamais personne n'en parle, tout juste deux ou trois recettes dans des magazines féminins, sous l'angle de la papillote, quelques louanges sur les vertus de l'alpha linoléique, mais à part ça jamais on en parle.

Les pauvres, malgré les grands gestes et leur manie de la phrase, le soir, on le voyait bien qu'ils étaient levés depuis quatre heures du matin. Que ce fût les parents, ou les frangins tout comme les sœurs, chaque soir ils prenaient dix ans de plus, un surplus qu'ils perdaient fort heureusement dès le réveil suivant, mais récupéraient le soir même, et ainsi de suite sur toute une vie, puisque toute veille entraîne son lendemain, à l'exception quand même des maudits jours fériés, ces coupures par décrets qui vous cassent le rythme, des trêves importunes que fort heureusement on ne respectait pas. D'une nuit sur l'autre, grâce à un sommeil sûrement de très haute qualité, ils récupéraient de la fatigue de la veille, rénovés jusqu'à l'intrinsèque, et c'est comme ça que nos chers braves parents n'arrivaient pas franchement à vieillir, à cause sans doute d'un trop bon sommier, et de l'efficience absolue des pilules qui immergent en dedans.

À la rigueur, pour peu de miser sur la stabilité des principes, dénier toute velléité de hauteur, on aurait presque pu la trouver belle cette vie, une existence toute consacrée à la faune aquatique, pas trop lointaine de l'altruisme, une vocation dont le ressort est de puiser dans le capital d'une espèce pour en sustenter une autre, veillant tout de même au respect de l'équilibre, soucieux de la subsistance des deux, une vie tout orientée et promise, non pas à l'exploration de la mer, mais à l'exploitation de ce qui ondule en dedans.

Cela dit, sans vouloir minimiser, il faut bien reconnaître que vouer sa vie à la promotion de la chose marine, comme le font les grands navigateurs et les commandants d'élite, dédier tout le projet de son œuvre à l'élucidation de l'élément, tout ça a tout de même plus de gueule que de sauvagement décimer l'espèce en la piégeant selon de vieilles astuces éprouvées... Force est de reconnaître qu'il est plus louable d'expliciter le subaquatique sous forme de documentaires instruits plutôt que de le dépouiller en le ratissant à la maille fine, d'autant que si le poisson est un être tout ce qu'il y a de véloce, mobile et souple, taciturne et renfermé par nature, il n'en demeure pas moins une petite chose fragile et sans véritable défense.

On le sait tous, toute vocation est muée autant par la convoitise que par la franche inclination, des marins de notre acabit auraient donc eu toute légitimité à envier le grand navigant, pour autant on ne le faisait pas, d'une part parce que, en mer, il est bon d'avoir le respect de l'ordonnance, et, d'autre part, jalouser le notoire, c'est tout de même prendre le risque de se sous-estimer.

C'est pourquoi dans la famille on respectait platement les grands navigateurs et les preux commandants, tous ces amarinés qui se font un nom sur le dos de l'océan, on reconnaissait même le bien-fondé de leurs prétentions académiques et de leur notoriété, sans ombrage ni émulation, à titre de marin chacun était dans son rôle. Dans l'ensemble on n'avait rien contre ces fiers altruistes, ces instrumentés qui visent la vue d'ensemble pour élucider le grand fluide, allant par manie de l'investigation jusqu'à naviguer en dessous. On était encore les premiers à reconnaître que la démarche demeurait parfaitement louable et pédagogique, écologique en tout cas, car c'est pur prodige que de descendre comme ils le font jusqu'aux tréfonds des océans, d'y stagner le temps de filmer tout ça, révélant ces images à une humanité conquise et hébétée... mais il n'empêche que si l'on s'en tient au propos même du résultat, tous ces grands commandants-là, quoi qu'on dise de leur abnégation et de leur générosité, ils ne vous proposent jamais rien de concret à bouffer.

Bien sûr, le poissonnier concède à l'océanographe la grandeur du projet, la noblesse du travail, mais pour ce qui est de maîtriser son sujet et de dominer l'élément, le Combi ne craignait personne, pas plus le grand commandant que l'amiral Machin. Chez nous, le poisson, en plus de l'appeler par son prénom, de le reconnaître au premier coup d'œil, on survolait tout de sa disposition intrinsèque. D'instinct on savait reconnaître toutes ces parcelles de superflu qui rebutent le client, ce prodigieux résidu qui nous lèse tant au niveau du poids. Nous autres, la bestiole, on savait l'arranger, on savait la faire belle, un peu comme le coiffeur agrémente ses baronnes pour les rendre supportables, au moins le temps d'une noce ou d'un week-end. Il faut bien dire aussi que, le poisson, tant qu'on le fréquente au titre de la relation exotique, il est de ces créatures tout ce qu'il y a de charmantes, exquises et photogéniques. Dans certaines circonstances, on en a même vu qui n'hésitaient pas à onduler au côté du nageur, brassant autour en lui faisant des chatteries et, du point de vue du spectacle, c'est vrai que ça fait de belles images, équivoques idéales et enchanteresses... mais dès lors qu'on commence d'explorer la bête en la fouillant de près, dès lors qu'on lui vrille les entrailles pour vidanger le déchet, la relation prend tout de suite une autre tournure, virant facile à l'écœurant. Après toute une journée de cette chirurgie-là, on comprend que les frangines étaient fatiguées le soir.

Pour ma part, bien que résolu à collaborer à la besogne, je ne donnais jamais dans ce dévouementlà, cette crudité vorace. Empoigner une sardine qui repose là peinarde avec l'œil toujours pas éteint, la sentir frétiller dans sa main, émotive comme un chiot, la voir parfois qui essaie de dire quelque chose, bâillant des pauvres mots qui ne sortent jamais vraiment, chaque fois ça me tirait les larmes. Passe encore pour ce qui était de taillader une raie, lui déverrouiller le buffet en lui fourrant la lame, la préparer au beurre noir en lui sucrant la plèvre, ou, pourquoi pas, flinguer une sole en lui ouvrant le tiroir, tout ça restait faisable, dans la mesure même où j'abhorre le poisson plat, mais pour le reste, sans pour autant être l'ami des bêtes, j'avais un mal fou, une sorte de susceptibilité coupable, à décimer la faune dans les conditions d'une lutte aussi inégale.

Au moment du repas, il va sans dire que la soumission de l'animal s'avérait déjà nettement plus supportable. Ingurgiter le poisson selon les dispositions convenues, c'était déjà moins culpabilisant, d'autant que la mère avait toujours toute une astuce de sauces, de jus et d'habillages, des trouvailles aux onctuosités diverses qui, en plus d'agrémenter le poisson, le submergeaient complètement, le surpassaient pour ainsi dire, de sorte qu'on le reconnaissait rarement. Qu'importe, d'autant que dans l'ensemble c'était plutôt bon, même si de notre part le compliment ne venait pas. Chez nous, le bruit qui dominait en matière de repas, c'était plutôt celui de la fringale, résultat de toute une journée passée à s'ouvrir l'appétit, à se creuser la béance. Dans le genre Italiens, une fois à la maison on ne l'était pas plus de la bouche que de l'estomac, mutiques comme une tablée de Bretons accablés au-dessus de leur cidre. Tout de même, au milieu de ça il arrivait parfois qu'on se parle un peu, comme par mégarde, sous forme de réprimandes ou d'observations. Avec des phrases sobres, chacun retraçait le fil des choses telles qu'il les avait vécues, et pour peu qu'il y eût des points de divergence ou des désaccords profonds, au moins ça nourrissait le propos.

Ce soir-là, de retour du palace, évidemment c'était moi le moins banal, d'entre tous j'étais bien le sujet de conversation qui promettait de divertir un peu. C'était tout de même pas une mince affaire que d'avoir pris trois jus d'abricot dans les salons du Miramar, bien calé dans les dorures à déguster le nectar, sans même ressentir la plus petite angoisse, pas la moindre appréhension au sujet de l'addition.

La question qui les taraudait tous, c'était de savoir ce que j'avais bien pu leur raconter aux Nobel, et si j'avais eu suffisamment de langage pour tout bien saisir de ces gens rompus à l'éloquence et aux figures de style, et comment je m'en étais sorti au milieu de ces opulents de grammaire naviguant dans le baroque. Déjà, j'avais rudement nuancé les enthousiasmes en leur apprenant que, du Nobel, pour tout dire je n'en avais vu que la moitié, même si le bonhomme était descendu sur la fin, tout juste pour dire au revoir. Histoire de ne pas trop les décevoir, d'alimenter un peu cette estime naissante qu'ils avaient pour moi, je leur révélai sans détour qu'il n'était pas impossible que le Nobel en personne nous file un sérieux coup de main au sujet de la brochure, en tout cas à en croire sa femme il semblait bien qu'il y fût disposé.

Dans un premier temps ils prirent tous le parti de ne pas me croire, puis très vite, mon assurance aidant, ils commencèrent d'entrevoir le bénéfice que ce serait pour les Établissements Combi de tenir un document à vocation publicitaire rédigé par une des plus hautes émanations littéraires qui fussent. Voilà qui à coup sûr nous démarquerait de la concurrence, étant bien entendu que jamais aucun d'eux ne réussirait à taper aussi haut.

— Mais tu es sûr de lui avoir bien expliqué... toutes ces vérités que l'historique doit exalter, cette science particulière qu'on a du poisson, car sur tout ce que le continent compte de poissonniers, les Combi sont bien les seuls à devoir la vie sauve à l'animal lui-même.

— Jusque-là on n'est pas encore rentrés dans les détails, nous n'en sommes encore qu'au stade des présentations, mais ça viendra ; puis, dites-vous bien qu'une brochure ça ne se fait pas comme ça.

Soit, après tout ils convenaient que pour mener à bien une tâche de cette ampleur il fallût au préalable enseigner prudemment le rédacteur, le familiariser pas à pas à nos particularités. D'autant que la rédaction de ce genre de document était assez inhabituelle pour un prix Nobel, il convenait donc qu'il s'acclimatât dans un premier temps à la nature même du travail, qu'il en soupesât tous les tenants et aboutissants, et qu'à partir de là il s'initiât avec le moindre fragment de notre généalogie.

Pas simple de ficeler un argumentaire sur les Combi et fils et associés, surtout quand on n'était pas soi-même du métier, et encore moins de la famille, d'ailleurs mes années de tentatives étaient là pour en témoigner, et que ce brave homme fût détenteur du Nobel et de deux trois distinctions dans ce goût-là ne garantissait pas qu'il écrivît plus vite que les autres.

— En plus, dites-vous bien qu'on ne pouvait pas mieux tomber, puisque sa dame, en plus d'être une fanatique de l'iode, en vertu de principes plus ou moins médicinaux, a passé toute son enfance à tremper dans les bains de mer.

— Ah bon, et où ça ?

— En Bretagne.

Évidemment, voilà qui nuançait un peu l'engouement général, réveillant pas mal de ressentiments et autres vieux souvenirs de déviations originelles. Mais très vite la perspective du document reprit le dessus, d'autant que si le bonhomme allait jusqu'à le revendiquer, s'il condescendait à y apposer son auguste signature, il n'était pas interdit de penser que notre brochure, outre qu'elle serait distribuée sur le site même de la poissonnerie, accéderait aux tourniquets immanquables du syndicat d'initiative. De là, en plus de largement répandre l'enseigne Combi sur tout ce pan-ci du littoral, en plus de faire tinter le patronyme avec la souveraineté d'un label, instruisant le monde sur la véracité de notre légende, il n'était pas interdit de penser que la renommée de l'auteur finirait par rejaillir sur nos poissons eux-mêmes, au point que les gens en viendraient à se dire que si un Nobel en personne s'était penché sur notre cas, c'était sûrement qu'on en valait la peine, et que cette marée qui était là à se pavaner sur nos étals, lascive et fraîche comme un ban de vahinés, devait être rien moins qu'une des meilleures marées du monde... Pour le reste, ça ne lui ferait pas de mal, au Nobel, ça lui décanterait les idées, s'atteler à une rédaction tout ce qu'il y a de conceptuelle et écologique lui ouvrirait sans doute pas mal de nouvelles perspectives pour ce qui serait de son avenir, sinon de nouvelles gratifications, et quitte à considérer toute chose sous l'unique aspect du meilleur angle, ça le remettrait de ce fastidieux voyage que le pauvre homme avait sûrement dû se taper dans les pays social-nordiques...

— Tu dis que sa dame aime la Bretagne, mais le Nobel au moins, t'es sûr qu'il est pas breton ?

— Gweltaz Plouhenec'h ? J'pense pas.

Ce cher brave Ibabourne, rehaussé de ses grandes phrases et de ses bons mots en porte-clefs, valeureux dispensateur de la langue et du montage de ses tournures, bien que parfaitement hermétique au spectacle de la mer et aux activités qui s'y rattachent, ne manquait cependant jamais une occasion de passer nous voir à la boutique. Sans doute était-ce en vertu de ce marché conclu entre lui et nous autres, un pacte qui stipulait que la seule indemnisation qu'il escomptait en contrepartie de son enseignement, c'était de la chair fraîche, de l'arrivage de première. C'est pourquoi ce gars-là n'en finissait plus de vouloir m'inculquer le français, non pas tant par prosélytisme ardent que pour bien se caler l'estomac. Parfois même il lui arrivait de passer trois fois dans la semaine, comme le ramoneur trop zélé ou le vitrier inquiet, sous prétexte que la grammaire tout comme l'orthographe étaient de ces ornements qui supposent l'entretien.

Dans le fond, si l'Ibabourne avait été plus souple dans ses principes, il eût parfaitement pu nous la rédiger lui-même la brochure, ne fût-ce qu'à titre d'exercice stylistique, nous faire la démonstration des vertus de sa prose. Mais de cet exercice-là, il n'en voulait pas, pas question pour lui de se commettre de près ou de loin avec une moindre forme de rédaction qui cautionne le système du marché, ne serait-ce que le marché du dimanche, rien qui accrédite la société de consommation. D'ailleurs toute sa vie était orientée en fonction de ce préjugé, et surtout ce qui ressortait de l'alimentaire ; selon lui toute acquisition n'était envisageable que dans la mesure où elle était fondée sur le mode du troc, l'échange de bons procédés. C'est ainsi qu'en plus de dispenser le français, on pouvait tout aussi bien le voir tâter de la plomberie zinguerie chez le maraîcher primeur, mastiquer chez l'artisan boucher ou moduler du pinceau chez l'ami charcutier.

Chaque fois qu'il passait nous voir, sous prétexte que notre ville était déjà un port du temps des Grecs, un comptoir exclusivement fondé sur le processus de l'échange, il nous démoralisait en prophétisant que de toute façon le système de l'argent était foutu, que l'économie monétaire avait vécu, et que le mirage de la monnaie unique n'était dans tout ça que la dernière formule avant l'extinction. En entendant ça, le père jetait un œil perplexe à sa caisse enregistreuse, jurant bien que jamais il ne se départirait de cet engin-là ; et quitte à se défaire du congélo, des chambres froides et même du bateau, sous le coup des insinuations pressantes d'on ne sait quel huissier, jamais en tout cas il ne laisserait tomber l'ustensile à tiroir sonore.

Cela dit, du fait de notre toute fraîche collaboration avec un Nobel, il était bien clair que les services de l'Ibabourne et de ses sentences instruites s'en trouvaient rudement dévalués. Pour tout dire, on n'avait même plus besoin de lui et, plutôt que de le congédier frontalement, on préféra lui dire qu'on estimait sa tâche accomplie, qu'à ce jour je maîtrisais suffisamment la langue pour un usage conventionnel et civil. Là-dessus il s'indigna, prétextant que ma formation n'était pas complète, mon orthographe trop friable encore pour s'affranchir de ses conseils, et qu'elles ne seraient véritablement assurées qu'à condition de les étayer par de solides rudiments de langues mortes. À ces mots le père s'interposa sèchement, interdisant fort heureusement qu'on proférât quelque nouvelle langue que ce fût sous son toit, qu'elle fût morte ou vivante, justifiant son refus par une de ses ferventes déclarations sur les vertus combinées de la patrie, de la république et de l'État-nation, assortie d'une tirade sur ce devoir qui nous incombe d'affecter à tout propos le parler officiel défini par les autorités.

— À l'avenir pour manger du poisson, il faudra faire ingurgiter autre chose que la langue à notre gamin, parce qu'à ce jour il en sait assez, et de toute façon la question de la brochure est réglée.

— C'est donc ça, en somme vous n'avez plus besoin de moi. Et à quoi donc elle ressemble cette brochure ?

Le père, tenaillé entre la nécessité du secret et l'impérieuse envie de la révélation, précisa que si à ce jour on ne pouvait pas encore considérer l'opuscule comme bouclé, on n'en était pas loin.

— Monsieur Combi, je ne vous félicite pas. Exploiter ainsi les dispositions laborieusement acquises de votre fils, mettre à profit son sens du français pour le faire plancher sur la prose à promotion, des artifices de langage visant au marketing, je vous assure qu'il n'y a pas de quoi être fier…

C'est là que le père faillit dérailler, pontifiant fébrilement sur tout ce qu'il avait entendu dire des vertus de l'historique, arguant que le principe même de toute éducation supposait toujours de remonter aux racines et que, des annales aux archives en passant par les mémoires et les biographies, tout visait toujours à recadrer toute chose en fonction de sa chronologie, au point d'ailleurs que les livres d'histoire n'étaient fait que de ça. Pour sûr il ne fallait pas chatouiller le père sur le thème de l'ancrage. Quant à savoir la rigueur et la sincérité intrinsèques de son topo, alors là ç'aurait été une autre histoire.

— Et d'abord, il y a tant à dire sur le thème des Combi, il y a tant de prodiges à faire ressortir des détournements de notre passé que, pour tout bien exploiter, on s'en est même remis aux bons soins d'un professionnel, et un vrai celui-là…

Alors là évidemment, aux yeux du puriste qu'était l'Ibabourne, voilà qui nous discréditait davantage. Que pour nous faire connaître on eût tablé sur les astuces éprouvées de ces gens de la publicité, qu'on s'en fût remis à ces faussaires de l'âme, à ces chroniqueurs de l'inventé, c'était à coup sûr se dévoyer complètement, tomber dans les travers les plus cyniques de la modernité.

— Mais d'abord, qui vous dit qu'on s'en soit remis à un professionnel de publicité ? Pourquoi pas un Goncourt ou un académicien pendant que vous y êtes… non non, dites-vous bien que pour façonner le prospectus on a tapé bien plus haut que ça, bien plus haut…

Au fil de nos séances, la dame voulait que je l'initie de façon chaque fois plus approfondie sur la sphère des Combi, sous forme de la séquence, en prenant tout notre temps. De mon point de vue ça tombait bien. En effet, comment dédaigner la grâce de ces après-midi loin de la boutique, délaissant les étals et les péripéties inhérentes à toute poissonnerie pour enfourcher le scooter habile, tracer le long du littoral comme un type en vacances, la chemise ouverte et le vent qui entre en dedans. Quelle volupté que de mettre deux heures pour faire trois kilomètres, et parfois s'arrêter en chemin, le temps de piquer une tête ! Quelle grâce aussi de se pointer devant le portail du Miramar, de ne pas faire l'effort de freiner et amorcer, comme ça, trois ou quatre tours du massif en rond-point, celui-là même que les limousines ne contournent qu'une seule fois ! La seule petite contrainte tout de même, là où les autorités du palace ne transigeaient pas, c'était sur la question de savoir où je devais garer le Piaggio Combi.

D'instinct j'allais le parquer en épi au milieu des cabriolets à six chiffres, ne fût-ce que par goût de l'insolite, mais il y avait toujours alors un diligent pour m'indiquer un autre endroit.

Quelquefois la dame me laissait la consigne de venir la rejoindre au bord de la piscine, de sorte qu'un chasseur plus ou moins affecté, masquant mal sa réprobation, croisant les autres clients en ayant l'air de s'excuser, me précédait quoi qu'il en pensât jusqu'au bord de cette pure merveille d'onde turquoise absolument pas salée. Chaque fois la dame agrémentait ses politesses de questions tout ce qu'il y avait de délicat et prévenant, cherchant à savoir si j'étais suffisamment bien assis, quel genre de soif j'avais, veillant à me mettre le plus possible à l'aise afin que je me laisse librement aller à parler.

Pour goûter plus amplement les séances, les éterniser tant que faire se peut, j'en racontais le plus possible, n'hésitant pas à m'épancher bien au-delà de ce que je savais de la vérité. Bien sûr elle trouva cocasse cette intention qui prétendait déplacer nos origines, nous basculant subrepticement de la Bretagne à l'Italie, trouvant cette démarche tout aussi originale que désespérée, mais ce qui la ravissait le plus, c'était l'exil comique de nos ancêtres dans les conditions d'une extrême précarité, et cette navigation foudroyante qui avait été la leur jusqu'à ces plages mirifiques et ensoleillées de la Riviera, cette même baie qui à quelques mètres de là nous ouvrait grands les bras.

Pour pimenter l'histoire et la rehausser de véridique, j'ajoutais même tout ce que je savais de ce drame des drames, cette damnation originelle, cette infamie qui nous poursuivait comme une tare génétique, et qui venait de cette mémoire de l'impôt à l'endroit de ses fidèles débiteurs. Maintenant bien à l'aise en face d'elle, en parfaite confiance, je développais sans retenue ce ferment-là de notre genèse, bien conscient de transgresser un des interdits majeurs de la famille. Mais cette dame-là goûtait trop notre histoire pour la priver des bons morceaux, elle semblait même s'en délecter comme d'une fable ou d'un scénario, au point que pour moi l'envie de la combler l'emportait largement sur toute notion de scrupule. Tout de même, en aparté je lui signifiais bien que ce genre d'épisodes compromettants n'était évidemment pas indispensable à la brochure, qu'à la limite il vaudrait mieux les occulter, ce à quoi elle acquiesçait chaque fois d'un air entendu, me comprenant à demi-mot.

Or, pour le percepteur de l'époque, la perte était d'autant plus cruciale que nos aïeux gagnaient gros, car plutôt que de se satisfaire d'un petit commerce banal fondé sur le respect des règles, les Combenec'h tout comme les Bilawen avaient tout bonnement révolutionné le concept même de la pêche. De leur point de vue, la meilleure méthode pour que la prise en mer fût conséquente n'était pas tant de soulager le banc de poissons que de se servir dans les cales des concurrents. Pour faire saisir ça à la dame, il suffisait de se référer à ces épisodes douteux où certains terre-neuvas de nos ancêtres partirent de longs mois en mer pour soulever la morue et la confire dans le salé, des anecdotes tissées de la fibre même du patrimoine, à la différence près que nos terre-neuvas à nous, plutôt que de viser indéfiniment l'horizon qui vous entraîne vers l'ouest, ne poussaient jamais plus loin que les côtes de l'Angleterre et des bouts de terre connexes, et plutôt que de sonder la morue à la ligne comme le faisait tout le monde, ils la soutiraient des cales d'un navire qu'avait déjà fait le boulot, anglais si possible, ce qui en gros leur prenait une semaine.

Cela dit, pour que leur expédition garde toutes les apparences d'une âpre et dure campagne, il leur fallait bien lambiner un peu, un mois ou deux, car personne dans le coin n'aurait compris qu'ils touchent Terre-Neuve en trois jours, et n'en mettent que deux pour en revenir les soutes pleines. Tout ce qu'on sait sur la façon qu'ils avaient de tuer le temps, c'est qu'ils allaient planter des ardoises dans un peu tout ce que l'Angleterre comptait de bars, de pubs et de tavernes à flonflons. D'ailleurs il arrivait même que la morue s'impatiente un peu dans les flancs, surtout quand ils faisaient l'escale aux anglo-normandes.

— Faut vous dire aussi qu'à l'époque c'était un peu la mode d'aller chatouiller l'Anglais, quitte à le provoquer sur place, signe que ces histoires-là il faut toujours les replacer dans le contexte.

Et c'est comme ça que nos pêcheurs à nous revenaient au bout de trois mois, encore plus endommagés que les autres qui, eux, n'avaient eu à endurer que les ravages combinés de l'iode, de la fatigue et des embruns glacés.

Et c'est comme ça que sans s'en rendre compte la brochure prenait forme, se développant à mesure que je la lui racontais, se précisant à mesure qu'elle prenait des notes, s'appliquant bien à reproduire une écriture limpide pour que son mari s'économise le plus possible les yeux à tout relire.

Au bout d'une bonne douzaine de séances, face à l'avalanche de tout ce que je lui avais déjà conté, comblée par cette matière mieux que par une volcanique imagination, elle voulut pourtant obtenir quelques précisions quant à la nature de mes sources et à la fiabilité de leur émanation. C'est là que je dus l'instruire au sujet du seul véritable ancêtre qu'on eût jamais connu de son vivant, l'arrière-grand-oncle Bilawen, la syllabe en second, un scrupuleux qui, taraudé par le poids de toute une vie de mensonges, avait eu sur la fin le goût de s'épancher. Ce n'est pas que le brave homme n'avait plus toute sa tête, au contraire, c'est qu'elle lui revenait en bloc, surchargée de balivernes et infestée de non-dits, une tête qui lui pesait sur la conscience, trop lourde à assumer pour une nuque comme la sienne qui s'affaissait d'année en année. Certains jours, il me renseignait sur l'essentiel, une essence que par séquences entières il distillait sous forme de tableaux.

D'ailleurs le père ne voulait plus qu'il sorte, l'arrière-grand-oncle, ni qu'il voie qui que ce soit, de peur qu'il se mette à causer, qu'il instruise le monde sur les prodiges de nos origines. Du coup il n'y avait aucun mal à ce que le bonhomme reste plus ou moins consigné à la maison, et qu'il parle aux murs tant que ça lui chante, au point que parfois ils se mettaient même à lui répondre. La seule contrainte étant évidemment, pour lui, de ne pas trop engager la conversation avec les fenêtres, auquel cas toute la rue aurait partagé ses confidences à l'huisserie.

Ce qui le rendait encore plus difficile à contrôler, c'est que jusqu'à plus de quatre-vingt-douze ans il restait tout ce qu'il y a de véloce et d'actif. Histoire de l'occuper un peu, on lui ramenait bien les filets à remailler. S'il n'avait plus trop d'yeux sous les lunettes, les mains par contre suivaient toujours, les mains tellement entraînées qu'elles refaisaient le geste d'instinct, si bien qu'en plus de nous retendre la maille comme le veut l'exercice, il lui arrivait même de dévier dans le tricotage complet. Ainsi, en plein milieu du filet il nous façonnait des motifs, quand ça n'était pas des bonnets ou des moufles, voire des chaussettes, le tout toujours en forme d'hermine, ce qui faisait des poches cocasses où se prenait le poisson.

Lui fournir le propos du geste pour lui occuper les mains ne réglait pas pour autant le problème de la parole, car de n'importe quel interlocuteur il se faisait un confident, habité qu'il était par un impérieux besoin de communiquer, cherchant sans doute par là à se soulager l'amertume. C'est que le fumeux grand-oncle s'y revoyait toujours, en sa Bretagne, il sentait poindre chaque jour un peu la proéminence de ses régions d'abers, et plus il s'affaissait, plus le tropisme l'aspirait en direction du noroît et de ses landes à pluie. Bien sûr, depuis le temps il s'était fait à l'idée de ne plus jamais les revoir, ses granits à algues et ses sables à marées, bien sûr il avait relégué tout ça dans l'ordre du souvenir, mais ces images-là, à cause sans doute de les avoir trop longtemps enfouies, méthodiquement abjurées, voilà que sur la fin elles lui faisaient le coup de la mélancolie. À la rigueur, si on l'avait replacé *in situ*, si on l'avait replanté pour de bon dans ses décors natifs, sans doute il aurait moins eu le goût de s'épancher. Au lieu de ça, désabusé par ce soleil constant, par principe il chavirait dans le nostalgique, me refilant le sentiment noueux de la racine comme un sens du devoir, m'instruisant au sujet de cette moindre bienséance qui demanderait, malgré tout, à un moment ou à un autre, de se souvenir un peu d'où on vient, de le reconnaître et le célébrer.

Lui aussi avait bien été du fameux voyage, lui aussi l'avait bien noté, que le cap Horn leur passait du mauvais côté, sur la gauche et non à tribord comme l'aurait voulu la structure des continents. Face à ce naufrage coupable, point d'orgue de leur exil manqué, c'est même de lui que sera venue l'idée d'acquérir leur immunité en se dépossédant de leur être et en récupérant de faux papiers. C'est comme ça qu'au lieu de changer de pays pour sauvegarder leur identité ils se seront résolus à faire l'exact inverse.

La relation de l'épisode du tricoteur, la truculence du personnage et le pathétique de l'anecdote, voilà ce qui amorça la curiosité du bon Nobel, au point qu'il décida, non plus simplement de s'instruire des comptes rendus de sa femme, mais de partager les moments d'audition en venant trinquer avec nous.

Bien sûr il y avait de quoi être impressionné par la présence de cette sommité, ne serait-ce que par la qualité de ses costumes, mais la simple vue de ces culs-de-bouteille qu'il avait sur le nez, en plus de cette inaptitude chronique à réaliser le moindre geste du premier coup, qu'il s'agît de s'asseoir ou d'attraper un toast, voilà qui rendait le bonhomme nettement plus abordable.

Chaque fois qu'il nous voyait réunis, le gros Labil ne manquait pas de nous saluer, comme il le faisait de tout invité de marque: le gros Labil – chef en chef, parfaitement réjoui de notre petit comité, la toque dressée et la tunique d'albâtre, rigoureusement immaculé pour un gars qui passe sa vie à faire la cuisine. Là-dessus, plutôt que de s'extasier sur la facture des livres qui avaient hissé le Nobel jusqu'au rang des illustres – des livres qu'évidemment il n'avait pas lus –, il passait dix minutes à flatter mon auguste personne, leur expliquant à quel point grâce aux Combi il touchait de la raie d'élite, des soles racées et des limandes de concours. À grand renfort de métaphores pompeuses, il leur disait tout le bien qu'il pensait de notre commerce, traçant le panégyrique des Établissements Combi mieux que nous ne l'aurions fait nous-mêmes, et jurant bien que si à ce jour il n'y avait toujours pas de prix Nobel pour récompenser l'art de la poissonnerie, pas plus qu'il n'y en a en matière de gigot ou de mathématiques, il n'en demeurait pas moins qu'on l'aurait largement mérité. C'est simple, j'en étais presque gêné.

Ici aussi l'été revient par cycle, il n'y a aucun miracle à cela, aucune raison de s'en étonner, ce qui par contre surprend toujours, c'est la façon dont cette nouvelle disposition chaque fois nous aborde, et cette valeur soudaine que prend ici la moindre place, le moindre carré de galets. Loin de nous l'idée de nous plaindre des flux migratoires et des mouvements de population, surtout ceux qui drainent l'estivant, d'autant que l'immersion des balnéaires s'avère chaque fois rigoureusement proportionnelle aux retombées qu'on peut en attendre.

En plus de l'affluence d'une clientèle surnuméraire, l'été, pour le poissonnier, c'est la saison bénie, l'époque heureuse où par la grâce des fenêtres ouvertes et des barbecues, même les plus délicats se convertissent à l'odeur, même les plus réticents s'osent au délétère. Du fait de cette tendance saisonnière qui réconcilie le monde et son environnement, les sardines exhalent tranquilles leur sudation dans des pans de jardins aérés, les thons frétillent sur les grilloirs des cheminées extérieures et, au pire, pour ceux qui persistent dans l'usage de l'appartement et de la cuisson à la poêle, ils peuvent faire ce qu'ils veulent de courants d'air sans craindre d'attraper froid.

Il y a toujours une frénésie particulière qui prend ici dès lors que le calendrier entonne les premiers jours de juin, une fébrilité qui fait les devantures repeintes et les terrasses rafraîchies, un déchaînement de préparatifs auquel les poissonneries n'échappent pas.

— Bien sûr, ça ne se fait pas de bousculer les gens, moi-même j'ai horreur qu'on me presse, mais il n'empêche que, Nobel ou pas, il va bien falloir qu'il nous l'accouche sa brochure.

Et c'est là que s'avérait une fois de plus cette cruelle et définitive incompréhension entre les hommes de l'art et les impératifs de ceux du commerce.

— Mais enfin, depuis le temps qu'il y travaille à l'historique, il doit bien commencer à y avoir du concret, et si un Nobel a besoin de trois mois pour nous ficeler dix pages, je te prie de croire que la prochaine fois on se rabattra sur un Goncourt ou un Femina.

Il fallut donc une nouvelle fois reprendre l'argumentation, leur expliquer les contingences du travail intellectuel, des contraintes certes bien différentes de celles qui procèdent des activités manuelles, mais qui se rejoignent sur ce point : la rigueur et l'application sont les seules garanties du travail bien fait.

Après tout il est bien évident que ce bonhomme-là a besoin d'en savoir plus sur nous, de tout bien comprendre afin de mieux trousser le compliment, peaufiner ses trouvailles pour nous enrober au plus juste. Il ne faudrait pas oublier que c'est du sur mesure qu'il nous fait là, ce n'est pas qu'une simple rédaction standard...

— Peut-être, mais on lui demande pas une encyclopédie, et encore moins un répertoire des poissons au complet, tout le propos c'est seulement de faire reluire les Établissements Combi, de développer le patronyme pour glorifier l'enseigne ; et pour faire ça tu ne vas tout de même pas me dire que ce sont les arguments qui manquent…

Dès lors, on réalise que ce ne doit pas être rose tous les jours d'assumer le fardeau d'un Nobel. Une fois auréolé de ce diplôme-là, les autres n'attendent plus de vous que des prouesses, que vous avériez dans le moindre propos, la moindre prestation, cette parcelle de surhumanité qui confine à l'abstrait. La moindre tâche devient alors prétexte à vous montrer brillant, et sans relâche vous incombent tout un tas de performances de l'ordre de la bienséance et de la spiritualité. Plantez n'importe quel Nobel au beau milieu d'une tablée, quelle qu'elle soit, et vous verrez que très vite, pire qu'une bête curieuse, il deviendra l'objet de toutes les attentions, le centre de tous les intérêts, de sorte qu'il lui faudra dès lors rivaliser avec les mets du repas pour justifier l'attrait, et pour peu que le Nobel ait l'appétit ouvert, en plus de ses séquences d'esprit qu'il se doit de dispenser, il lui faudra trouver le temps de se caler l'estomac. Un vrai fardeau que de se coltiner un diplôme à ce point gratiné, une mission sans relâche que de devoir l'assumer, sachant que jamais la moindre audience ne supporterait que vous soyez médiocre ou incomplet, jamais on ne vous laisserait passer la moindre approximation au sujet de quoi que ce soit, affamés qu'ils seront tous toujours autour de vous de pouvoir en remontrer à un Nobel.

Cette obligation de perfection était d'autant plus cocasse en la circonstance, compte tenu de la personnalité de notre Nobel à nous, lui qui faute d'y voir vraiment clair, approximatif dans la perception de ses repères, n'en finissait pas de tout confondre et de se méprendre. D'ailleurs, c'est bien à ce genre de détails qu'on reconnaît cette disgrâce qui nous poursuit depuis toujours chez les Combi, cette douce médiocrité qui nous est inhérente, car s'il est indéniable qu'on fréquentait un Nobel pour de vrai, un authentique notable tout ce qu'il y a de certifié, il n'empêche que de tous les diplômés c'était sûrement le moins reluisant, un Nobel sans la prestance supposée et le charme entêtant des vrais êtres d'exception. Un Nobel tout de même.

— Vous réalisez bien que de n'importe qui d'autre on serait en droit de prétendre ou de réclamer, de lui rappeler l'échéance ou de lui intenter le procès. Ce serait un fournisseur comme les autres, on pourrait même le menacer un peu ou, pourquoi pas, lui proposer le coup de main, mais en face d'un type de cette pointure-là, un ennobli de l'esprit, il est clair qu'on ne peut rien exiger. Je vous rappelle tout de même qu'un Nobel ne travaille pas au forfait, que le nôtre n'a même jamais évoqué la moindre idée de rémunération ni de dédommagement, eh oui, il ne faudrait peut-être pas l'oublier que ce gars-là nous fait tout ça à l'œil, qu'il ne demande rien en échange, même s'il est bien entendu qu'il serait délicat de notre part de l'indemniser sous forme d'un bon kilo d'étrilles ou de bigorneaux, puisque le bonhomme et sa dame ne prisent rien de plus au monde que le coquillage et le crustacé.

En général, restaurer ce genre de vérité-là, leur remettre en mémoire que, la brochure, ils l'auraient à coup sûr, quel que fût le délai, et ce sans devoir débourser le moindre euro, voilà qui d'emblée les tempérait.

Quand même, ce genre de manifestation d'impatience n'était pas la tonalité générale, au point que parfois, le soir à table, ils ne se lassaient pas de me faire raconter comment s'était passée la séance avec le maître, de quoi au juste avait-on parlé, comment était servi le jus de fruits et sur quelle gamme d'argenterie étaient disposés les petits-fours. Ils ne s'en lassaient pas, de revisiter ces scènes-là, toujours aussi incrédules et émerveillés de compter un Nobel au nombre de mes fréquentations... Mais le moment d'orgueil absolu, ce fut pour ce soir où je revins en leur disant à quel point le bonhomme se disait flatté de nous connaître, qu'il m'en remerciait presque, parce que mine de rien on lui avait ouvert des perspectives inespérées pour ce qui était de son travail. D'ailleurs, histoire de donner plus de relief à son support de création, d'aller plus avant dans la connaissance des Combi, il souhaitait pour tout dire nous rencontrer, approcher la famille d'un peu plus près, et tant qu'à faire la découvrir dans son contexte.

Pour répondre à cette requête, je lui proposai donc de venir en mer avec nous, ne fût-ce qu'une journée à bord du *Royal Combi*, et plutôt que de me faire une réponse mi-chèvre, mi-chou sur le mode des grands indécis, le bonhomme a sauté littéralement sur l'occasion en acceptant d'emblée. À l'en croire, il rêvait depuis toujours de voir de près le travail de la pêche, se confronter à cette rude réalité au contexte tellement matinal, mais surtout il me certifiait bien que pour la brochure ce serait parfait, ça lui permettrait d'appréhender d'un peu plus près la nature de la tâche et de mieux cerner nos particularités.

— Qu'est-ce que vous voulez, c'est tout le charme des Combi, suffit d'en entendre parler pour qu'on brûle de les connaître.

— T'entends ça, Kevin, tu t'imagines trimballer cette perle-là à bord, un illustre abreuvé par les sources, un phraseur tout ce qu'il y a de déclamatoire et posé, une grosse tête, quoi… Surtout, faudra pas oublier de recharger l'Instamatic, et de réviser le Zodiac, au cas où.

Pour l'occasion, le passage en revue fut tout ce qu'il y a de protocolaire, et pour une fois exhaustif, au point qu'on avait tous changé de tee-shirt, alors qu'on n'était pourtant que le dix-neuf du mois. Encore une chance que le bateau fût repeint d'assez frais, sans quoi pas de doute qu'à lui aussi il eût fallu en repasser une couche.

Une fois les présentations faites, à même le quai, aussi solennelles que pour les défilés de l'Armistice, les parents essayèrent de ne pas trop montrer leur émotion. Une chance tout de même que le Nobel se fût pris le pied dans l'amarre alors qu'on était toujours à terre, ce qui eut le mérite de détendre instantanément l'atmosphère, de soulager l'ambiance de cette pompe inconvenante.

Pour la circonstance, le père nous sortit ce qu'il considérait être son plus bel accent italien, histoire de bien camper le rôle, un phrasé qui faisait plutôt penser à un quelconque problème d'élocution, incitant même à la préconisation d'un orthophoniste bien plus qu'au mirage de l'exotisme. Pour une Italienne, la mère parlait assez peu.

— Vous êtes sûr qu'il ne penche pas un peu ?

Voyons, mais bien sûr qu'il penche, tous les bateaux penchent, il faut même vous dire que la plupart ne font que ça, l'inexorable penchant à l'inclinaison, voilà bien le symptôme majeur de toute navigation, au risque parfois de la rendre insupportable. Seulement, cette disposition chez nous est pour ainsi dire dans nos gènes, et il en va de la navigation comme de tous les vices, elle n'indispose franchement que ceux qui ne la pratiquent pas.

C'est d'ailleurs bien à ce genre de particularités qu'on décèle chez le Combi bien plus de breton que d'italien, à cette façon souple et déculpabilisée qu'on a tous de passer de l'environnement terrestre à l'élément marin, et de se balader indifféremment sur l'un comme sur l'autre... d'ailleurs dans tout ce qu'il nous reste d'images de nos lointains ancêtres, s'il est vrai que pour certains on les aura déjà vus tituber, vaciller ou chanceler, sur un bateau par contre on les aura toujours vus marcher droit.

À croire que cette aisance nous est parfaitement naturelle, et si des tas de gens, ne serait-ce que dans un train, vivent comme une épreuve le simple fait de devoir remonter jusqu'au wagon-bar, en ce qui nous concerne l'équilibre nous tient au corps comme une aptitude supplémentaire.

Ce qu'il y a de sûr, c'est que jamais un Italien ne resterait aussi droit, fier et indémontable par un vent de force 8, jamais, à moins bien sûr que cet Italien n'ait ce poil d'inconscience qui chausse le pied marin. En tout cas c'est bien là que s'avère en nous l'affinité maritime, c'est bien là que rejaillit notre celtitude, car rien qu'à sentir le petit roulis morne d'un bateau à l'amarre, nous remonte déjà du fin fond de l'âme un sentiment de plénitude et de reconnaissance absolue. Basculer le poids du corps du talon aux doigts de pieds, compenser le mouvement en déplaçant les masses, voilà de ces gymnastiques qui confinent au divin. Dieu soit loué d'avoir inventé la mer et d'y brasser le flou tangage qui mobilise les vagues, Dieu soit loué d'avoir distillé cet élément-là pour qu'au moins il y ait un endroit où le Combi se sente tout ce qu'il y a d'à l'aise et de confortable…

Sentir chez nous autant d'entrain et de bonne humeur marine, voilà qui acclimata les Nobel au point de les mettre en voix. À peine avions-nous fini d'esquisser nos au revoir et de ramener les bouts que déjà l'illustre se mettait à déclamer du Pierre Loti, composition littéraire somme toute assez peu déclamatoire, mais parfaitement appropriée dès lors qu'on est à la manœuvre pour dégager du quai. Kevin, qui supportait assez mal le phraseur de Paimpol, demanda à l'illustre de nous gratifier d'une emphase un peu plus ambitieuse, et quitte à se faire casser les oreilles par un scandeur de première, autant que ce soit sur du robuste. C'est ainsi qu'on quitta le port sur du Catulle Mendès mâtiné de Laforgue, une sorte de mélange qui décuplait l'effet…

*Ô mer, ô volière de ma mémoire, reste encore un peu, n'allume pas la lampe, et que nos yeux s'emplissent pour longtemps des ténèbres…*

C'est là qu'on voit ce qu'apporte la fréquentation d'un littéraire, c'est là qu'on réalise que sa présence est un écho qui magnifie tout, une résonance qui amplifie les charmes et décuple les solstices, une conscience qui enjolive le présent de ses prétentions lyriques, même si une fois au large il faut bien reconnaître que ça vous fait tout de même un souci de plus à gérer, et même deux quand sa dame est venue avec.

C'est certain, il y en aura toujours pour dire que les navigateurs de mer fermée ne sont jamais que des paraphraseurs d'Atlantique, des seconds couteaux au regard de l'océanique. Il n'empêche que, fermée ou pas, la Méditerranée n'en sait pas moins prodiguer le mouvement, et pour peu qu'elle soit dans un mauvais jour elle peut même rudement ruer.

Malgré les secousses et les à-coups, le Nobel resta cependant tout ce qu'il y a de présentable, et pendant que les frangins et moi nous échinions à donner une moindre allure de succès à notre pêche, quoi qu'on fît il nous regardait faire, sans rien en perdre et notant tout. Ne fût-ce qu'avec ce qu'il avait gratté depuis le matin, il y avait de quoi largement étoffer la brochure de vingt pages, lui insuffler de vigoureux paragraphes inspirés directement du concret. Le plus dur pour nous, c'était bien d'essayer de ne pas affoler le puriste face à tout ce qu'il nous voyait remonter comme saloperies corollaires aux poissons et, plutôt que de l'amener à se poser des questions sur la qualité intrinsèque de l'élément, on lui faisait croire que tous ces accessoires qu'on remontait, des vieilles roues jusqu'aux parpaings, avaient en fait été disposés à l'avance par nos soins, qu'en somme c'était un genre de dispositif subtil qui nous servait d'appât. C'est d'ailleurs ce qui expliquait qu'on les rebalançait chaque fois par-dessus bord, histoire de les retrouver à la même place la prochaine fois.

Le drame, tout de même, pour la maison Combi, serait bien que sous couvert d'authenticité cette bonne vieille plume aille jusqu'à tout consigner, qu'il restitue tout dans l'aspect du réel. Si le client apprenait que cette belle sole sauvage qui lui détend le porte-monnaie, celle qu'on ne lui cède jamais à moins de cent francs le kilo, s'il apprenait que la coquette ondule depuis son plus jeune âge dans un cimetière d'ustensiles, et que d'une façon générale le poisson ne fout rien dans la vie, sinon passer ses jours à se salir dans son bordel d'océan, c'est sûr que ça en rabattrait plus d'un vers le poisson d'élevage ou le poulet, soit-il ou non carnivore... Le pire, ce serait bien que le Nobel s'en tienne à l'âpreté du concret, qu'il retranscrive la chose sans la nuancer d'aucune poésie, là, à coup sûr, ce serait le drame.

Quant à la dame, il fallait presque la retenir pour qu'elle ne goûtât pas à tout. C'est vrai qu'avec un bon coup de jet, le moindre poisson retrouve tout de suite l'aspect du comestible. Une fois l'hydrocarbure brossé et les plastiques dégagés, dans le fond il ne reste plus guère que le mercure, même si celui-là ne se voit pas. Il est bien clair que s'il n'y avait pas eu ces copieuses gamelles que la mère nous avait préparées, la vorace dame se serait tapé le sashimi sur place. À la voir brasser avec tant de ferveur au milieu des prises qu'on venait tout juste de remonter, on sentait poindre l'émotion d'un être tout de civilités et d'apprêts, urbanisé à l'excès, face à son fragment de nature retrouvé. À croire qu'elle recevait comme une révélation la preuve patente que, malgré tous les progrès de l'industrie alimentaire, le poisson existait toujours bel et bien au stade du cru.

Quant au bonhomme, il investiguait. Pour moi c'était pur bonheur que de le voir noter à ce point, je vivais ça avec l'exaltation d'une délivrance. À mesure qu'il consignait ses filiations d'idées, je me savais définitivement soulagé de cette mission sans cesse différée, cette tâche consubstantielle à mes notions de français, et qui m'assignait depuis des lustres cette foutue brochure. On a beau dire, mais c'est un pur spectacle que de voir le conteur emporté par l'élan de ses trouvailles, se calant d'un pied sur l'autre pour se raccrocher au texte, goûtant le vertige de la phrase promise en manquant chaque fois de basculer. Ce littérateur-là tout de même, bien que n'ayant jamais rien lu de son œuvre, d'avance je lui étais reconnaissant. Quant aux frangins, sans la moindre once de gratitude, pas littéraires pour un rond, ils ne voyaient là que deux emmerdeurs passablement encombrants, deux silhouettes qui n'en finissaient pas de leur passer dans le champ, fugitives mais tenaces, se prenant les pieds dans toutes sortes de cordes, de filets et de machins, et Dieu sait que sur un bateau il y en a.

Fort heureusement, le brave homme et sa dame ne semblaient pas le moins du monde souffrir de cette exaspération flagrante, non pas qu'ils aient pris le parti de survoler la chose, mais tout bonnement parce qu'ils ne la réalisaient pas. À les voir, on avait même l'impression qu'ils vivaient là un parfait bon moment. Tout ici leur convenait. Jamais on n'aurait supposé qu'une séance aussi prosaïque qu'une journée de pêche en mer nous vaudrait un tel enthousiasme de leur part. En plus – était-ce un effet de l'iode ou de la vigueur de ce qui le souffle ? – toujours est-il que vers le coup de seize heures le grand primé eut comme un appel de marée, le genre de ressac qui vous monte en dedans et vous met la sève à l'équinoxe, de sorte que ce fut d'une façon assez peu protocolaire qu'il invita sa dame à lui enjoindre le pas, lui proposant sans doute de venir visiter les cales du navire dans les flancs disposées.

Pendant ce temps-là évidemment, on supposait vaguement à quel genre d'investigations les deux passagers devaient se livrer. Pas de doute qu'ils étaient allés faire un tour du côté de chez Tout-Nu. Toujours est-il que les frangins, hostiles à l'idée de se trimballer un passager quel qu'il fût, me culpabilisant sous des regards haineux, en profitèrent pour me balancer froidement ce qui depuis le début ne cessait d'enfler sous forme d'exaspération :

— Franchement, c'est pas du boulot.

Quand le soir prend sobrement la ville, ankylosant une à une toute velléité de durer, il fonde le moment de trêve absolue, celui où les apéritifs déteignent indéfiniment sur les repas, où les parasols insistent sans raison d'espérer, et les mômes s'alanguissent sur des genoux encombrés. Les carrefours pacifiés, les plages libérées de toute allée et venue, c'est l'heure tardive où le littoral aborde ce versant de lui-même où la mer est seule.

Les bateaux reposent avec mollesse et les poissons se sustentent au-dessous, c'est à peine si l'eau du port ondule, abasourdie par un espace en manque de tracas. Quand la mer est à ce point posée, intimant à la nuit sa poésie du rectiligne, encore une chance qu'il y ait des nappes d'essence pour miroiter par endroits, histoire de donner un peu de vie à tout ça. La grâce chatoyante de ces arcs-en-ciel liquoreux, le sursaut des couleurs et les nuances du trait, voilà bien l'unique motif pour le contemplatif, une vraie belle occasion de regarder la mer en voyant autre chose que du bleu. Au fil de la mouvance, la composition fluctue doucement, passant du magenta à l'émeraude, du bleu pétrole à l'eau de nuit, léchant le quai de ses arômes en souffrance et de ses vestiges d'Arabie. Quelle couleur donc avait la mer avant qu'on inventât le bateau, sans doute la teinte même de l'ennui, ce qui faisait que ne venait à personne l'idée d'aller baguenauder dessus. Parfois même, pour peu qu'un *tanker* nous fasse la grâce de dégazer, il arrive qu'on touche là à la composition absolue, l'œuvre parfaite, bien plus proche de l'huile que de l'aquarelle, et pour qui sait songer à l'ondulation des choses, pour qui sait laisser flotter son regard sur l'onctueux ballottement, ça lui fait une bonne raison de traîner.

Le soir après manger, les parents comme les frangins avaient rarement l'idée de la baignade. Plutôt que de songer à la détente, ils en étaient déjà à prier pour que les piles du réveil soient toujours valides, et que les trotteuses ne se paument pas en route dans leur trajet de nuit. Et pourtant, bien que sachant toutes les aiguilles de la maison rigoureusement calées sur les cinq heures qui déclenchent, leur venait toujours la sourde angoisse que par l'effet d'une facétie quelconque, un oubli magistral, le machin coupable et corrompu les alerte certes bien sur les cinq heures très exactes, mais pas celles du matin.

Le temps que la maisonnée certifie tous ces prodiges de chronographie, les frangines et moi avions toute latitude de nous balader, et vers quoi diriger son errance dès lors qu'on vit à la mer, sinon vers un des bords quelconques. Le port, c'était le point de chute idéal, celui qui nous faisait presque dire que c'était une chance d'habiter là. Tant de gens vivent onze mois de l'année hantés par la nostalgie de ces flâneries portuaires, tendus par la perspective de celles qu'ils feront aux vacances prochaines, alors que pour nous c'était juillet tous les jours. La mer, on l'avait même sur le dos en permanence, comme un parent potable, et sans que jamais nous vînt l'idée de s'en plaindre ou de s'en lasser.

Gwënaella et Marina : ni plus ni moins que des sœurs, même s'il n'empêche que c'était souverain d'en avoir une à chaque main. Bien sûr, ç'aurait été plus louable et distrayant de faire le tour du port avec des gamines un peu moins parentées, deux vraies poupées à défaut de frangines. Cela dit, l'effet produit était le même. Dans le regard des autres l'incrédulité se combinait à la convoitise, la concupiscence à l'admiration, et en ce qui me concerne c'était déjà satisfaisant. Une fois au bout du port, la compensation c'était de se plonger dans le grand liquide, dans la légitimité du point de chute, ce qui en plus du bénéfice de la distraction faisait une bonne raison de se dire que l'eau était bonne.

Le *Royal Combi* servait alors de plongeoir, trouvant une destination sans devoir bouger du quai. L'écumeur de vase sortait enfin de son attribution laborieuse pour basculer dans le jeu, un détournement qui procédait pour le moins de la profanation. D'ailleurs, chaque fois qu'on se jetait depuis son bord, il dodelinait de reconnaissance, seule nef à s'animer dans le cliquetis des drisses. Parfois on allait jusqu'à agrémenter le jeu de différents accessoires, on se lançait des filets où on mouillait le Zodiac, on se balançait des bouées ou des machins de sauvetage, ce qui était l'occasion de constater que chez nous les gilets de secours ne flottaient pas.

En dehors de la simple vertu du jeu, ces séances nous instruisaient sur ce qu'avait dû être la primitive sensation de nos ancêtres, cette émotion particulière qu'ils avaient dû ressentir le jour où ils s'étaient échoués là. On reproduisait la scène, imaginant nos poignées de grands aïeux, convaincus de fouler là la sphère de l'Amérique promise, supposant dans ces relents de pierres chaudes et de lavande enlevée le fumet même de la Californie. Le plus beau, c'est que dans les premiers temps, sous le sortilège de cet accent qui imprègne tout ici, ils étaient tout surpris du caractère chantant de l'idiome, mais enchantés de le comprendre.

C'est sûr qu'on leur doit tout, car sans eux, sans leur sens du périple et leurs travers aventureux, on serait toujours sous des latitudes moins australes, au bord d'une mer rugueuse, insensible et carabinée, et le soir au lieu de se baigner tout entier dans le site, on se contenterait de contempler les mouvements nerveux d'un élément déchaîné, et plutôt que de s'y tremper l'être, on y jetterait tout bêtement des cailloux.

Avions-nous déjà vu notre Ibabourne aussi étincelant, volubile et lumineux que ce soir-là, ce n'est pas sûr, à croire que côtoyer un Nobel, le frôler de près, l'irradiait d'une satisfaction, d'une fierté cocasse qui l'enluminait comme une guirlande. Plutôt que de nous la jouer humble, en agrégé modeste, il forçait un peu son talent, s'appliquant à manifester son aspect docte et documenté, pontifiant comme l'élève trop sûr de sa leçon. Il avait beau faire, il n'empêche que face à un Nobel, un Nobel tout ce qu'il y a de valide et certifié, on sentait bien que, par moments, l'Ibabourne se faisait plus hésitant, moins alerte dans la contradiction.

En outre, c'était bien la première fois qu'il daignait souper à notre table, la première fois en tout cas qu'il ne refusait pas l'invitation. Maintes fois déjà la proposition lui avait été faite de partager notre repas, mais jusque-là il avait toujours trouvé le bon prétexte pour décliner l'offre, préférant repartir avec son poisson sous le coude plutôt que de le partager avec nous. Le Nobel quant à lui, bien que ressortant de cette population d'êtres courus, avait accepté du premier coup, sans faire le moindre chichi. Sa présence en bout de table était d'autant plus précieuse et solennelle que ce repas était pour lui l'occasion de nous montrer l'ébauche, autrement dit le premier jet. Sa dame, toujours aussi enthousiasmée et partante, disait être venue jusqu'à nous avec encore plus de fébrilité et d'exaltation qu'elle n'avait embarqué pour les grandes salles encensées des fameuses vêpres de Stockholm. Outre le plaisir de nous revoir, il y avait surtout la perspective de faire un dîner tout ce qu'il y a de gargantuesque et finement dosé, si l'on excepte le fait que chez nous il n'était pas question de foie gras, ni de viande en sauce, pas plus que de toute autre lourdeur, étant bien entendu que, chez nous, tous les repas y compris les gueuletons s'articulaient toujours autour du thème du poisson.

Une aubaine pour elle.

— *Les animaux se repaissent; l'homme mange, l'homme d'esprit seul sait manger...*

Le grand Ibabourne occupait amplement son bout de table, ne craignant pas de faire face dans une sorte de quasi-équivalence à notre bon Nobel. Un Ibabourne étonnamment droit pour la circonstance, furieusement repassé et blanchi. L'expression consacrée voudrait qu'on présume qu'il avait avalé un manche à balai avant de passer à table, alors qu'en fait, il avait tout bonnement ajouté un bottin à son tabouret. Sans doute redoutait-il qu'un aussi auguste vis-à-vis ne l'estompe un peu, sinon ne le neutralise, d'où ce subterfuge facile avec lequel il se donnait une hauteur d'avance. L'effet d'ailleurs était cocasse, car compte tenu de tous ces abonnés qui peuplent le département, l'agrégé flottait au-dessus de nous tous, transporté et allègre, dépassant le lot d'une bonne tête au moins.

En plus de nous toiser physiquement, il ne cessait de dispenser de ces pépites révisées par avance, des sentences et des citations dont il voulait chaque fois qu'on retrouve le nom de l'auteur ou l'intitulé du volume, comme s'il s'agissait d'un jeu. Cette manielà lui venait sans doute de cette activité saisonnière qui l'accaparait au moment des oraux, d'autant que c'était la période, et qu'il vivait comme un titre de gloire de faire l'examinateur dans les gros pelotons du bac, histoire de trier le bon grain de l'ivraie. C'est même avec une fierté quasi malsaine que cette année encore il nous dit en avoir recalé près d'un wagon, et qu'il comptait bien sur le repêchage de juillet pour enfoncer les plus retors. Le Nobel était bon prince tout de même, car il recevait ces confessions avec l'intérêt d'une information majeure, concédant à l'agrégé ses postures de gardien du temple. Toujours est-il que l'Ibabourne, ne se sentant plus d'avoir prise sur une telle audience, n'en finissait pas de jeter ses questions comme autant d'appâts, attendant que nos perplexités mordent, avec cette fatuité culpabilisante de ceux qui se savent fort de la réponse.

Bien sûr, à une ou deux exceptions près, notre bon Nobel savait chaque fois le nom des auteurs, parfois même il lui arrivait de poursuivre de mémoire la citation, puisqu'en plus du Nobel ce gars-là avait aussi décroché le bac il y a cinquante ans de ça, et qui plus est avec mention. Le seul petit problème en la circonstance, cette entrave qui l'empêchait de faire le sans-faute parfait, c'était cette difficulté crasse qu'il avait à dépiauter ses bouchées de hareng pour bien ôter les arêtes, rivant pourtant ses culs-de-bouteille sur son assiette, même si le regard se promenait ailleurs. Ne manquerait plus qu'un prix Nobel s'étrangle chez nous, qu'il s'empale la glotte en décochant un « Prosper Mérimée » à l'autre répétiteur. Sans compter que le drame ne manquerait pas de rejaillir sur notre enseigne, tu parles d'une publicité… D'ailleurs, chaque fois qu'on le voyait victorieusement porter sa fourchette à la bouche, d'avance on tremblait tous, essayant de visualiser de loin la bouchée du grand homme, de voir si dans le petit tas qu'il s'apprêtait à enfourner, il n'y aurait pas eu par hasard des fragments de l'animal toujours pas désamorcé.

Les parents, qui se tenaient tous deux de chaque côté de l'illustre, n'avaient de cesse de tourner la tête vers leur voisin, attentifs à ses moindres faits et gestes, histoire de ne pas avoir à chercher le numéro des secours dans les pages jaunes, auquel cas il faudrait que l'Ibabourne se rabaisse d'un cran.

— Alors, *les animaux se repaissent; l'homme mange, l'homme d'esprit seul sait manger*…

— Brillat Savarin.

Après avoir longtemps tardé, le chevalier de Stockholm nous sortit finalement sa réponse dans un écho de sauce blanche victorieusement articulée. Là-dessus l'agrégé ne put qu'acquiescer, un rien admiratif, tapotant un discret applaudissement tout ce qu'il y a de conquis et émerveillé, même si on présumait bien que celui-là aurait du mal à rester beau joueur.

Chaque fois tout de même on se disait que, ce coup-ci, c'était fini, que l'Ibabourne retrouverait le goût d'une conversation simple et normalisée, et pourtant chaque fois ça recommençait. Que le père ouvrît une nouvelle bouteille, et qu'il propose au grand flandrin de goûter le premier jet, histoire de faire le test sur lui pour épargner les autres, aussitôt le phraseur tendait son verre et se déclenchait de plus belle.

— *Jamais homme noble ne hait le bon vin*…

— Trop facile, mon cher…

Sur ces mots-là du maître nous restâmes tous perplexes, supposant que la citation devait être fameuse, et plutôt que d'en rester là, le père se trafiqua un air entendu tout en lâchant un: ah oui, je vois…

Mais le pire, ce fut bien quand la mère déposa le troisième plat sur la table, de simples limandes saisies au beurre noir et agrémentées de persil. Là encore l'examinateur y alla de sa colle, mais cette fois, bien que le Nobel n'eût pas la moindre bouchée à mastiquer, la dernière lui étant restée agrippée à la serviette, il n'en plongea pas moins dans une confondante perplexité, un silence coupable qui nous encombrait tous et jetait comme un froid.

— Je ne vois pas, pourriez-vous répéter?

— Je disais, *la limande est le projet du peintre qui n'entend rien aux modèles*...

Alors là franchement, bien que les limandes fussent fin prêtes et les pommes vapeur épluchées, bien que le tout nous balançât des effluves pour nous enjôler le palais, l'embarras ambiant était tel que personne n'osait y toucher. Même la dame avait l'air toute confuse de ce curieux calage de son mari, elle s'en excusait presque. Pendant ce temps-là, le prodige cherchait dans ce qu'il avait de tout bien rangé dans sa petite tête, essayant de déceler dans cette phrase mi-absconse, mi-idiote, le fragment de style qui pourrait le mettre sur la voie de l'auteur. À l'autre bout, l'Ibabourne bichait comme une pipe au stand, de ces statuettes irréductibles que personne n'arrive jamais à atteindre, alors que les voisines autour sont toutes rigoureusement décimées.

La gêne était tellement palpable, le collage tellement cinglant, qu'on en venait tous mine de rien à supposer une dimension insoupçonnée à notre agrégé. Quand même, un gars qu'est capable d'en remontrer à un Nobel, un type suffisamment calé pour coincer un illustre en lui faisant le coup du Quizz, on ne peut pas dire que ce soit n'importe qui. Nous-mêmes, nous éprouvions déjà tout le bénéfice de la performance de l'Ibabourne, après tout c'était pour nous l'occasion de montrer que chez les Combi ça volait haut, que la poissonnerie était une sphère subtile et documentée qui ne craignait pas de rivaliser avec les grandes huiles surcomplimentées de l'Académie de Stockholm.

Du coup, même cette brochure promise en devenait moins précieuse, du coup toute la démarche s'en trouvait presque invalidée, parce que, après tout, si un simple enseignant de basses eaux était capable d'en remontrer à un érudit de métier, à quoi bon que l'Académie tout là-haut continuât de prodiguer des prix à des gars qui n'y connaissaient rien ?

— Je suis confus, mais je vous assure que je ne vois pas. Ce style, cette dérision, cette formulation à la fois ironique et précise, cette teinte d'humour désespéré, tout cela pourrait peut-être faire penser au Kierkegaard de la période farceuse, voire Huysmans dans un jour sans, ou pourquoi pas Nicolas Poussin, ou qui sais-je... Non vraiment, mon cher Ibabourne, je n'ai pas la moindre idée de l'auteur qui nous vaut cette trouvaille, et à moins de procéder par élimination, même s'il faut bien reconnaître que ce ne serait guère noble de les énumérer tous, je vous concède le point.

— Comme ça, vous donnez votre langue au chat, ah, ah ! Eh bien, elle est de moi.

Le grand ouf que poussa la mère n'eut d'égal que l'intensité avec laquelle le père empoigna ses couverts pour voir si la limande n'avait pas trop refroidi.

— Vous êtes un sacré farceur, dit la dame, un brin vexée tout de même, mais par-dessus tout prodigieusement soulagée.

De nous tous, le Nobel était bien celui qui avait le plus de mal à s'en remettre, au point qu'il délaissait toujours son assiette et continuait de ruminer fébrilement.

— Non vraiment, je n'aurais pas trouvé ; et comment dites-vous vous appeler déjà ?

— Ibabourne, sans H, sans L, sans T.

— Ibabourne, Ibabourne... Non franchement je ne vois pas. Et vous publiez chez qui ?

Esprit cinglant dans les éthers, navire trop vaste naviguant dans l'humain, pur esprit fendant le beurre de nos conversations sans sel, la naïveté de ce bonhomme-là était bien la marque de son ampleur, elle en posait même le sceau. Et bien qu'autour de la table nous considérions tous l'incident comme clos, par-delà ses lunettes on voyait son regard qui continuait de chercher, bousculé de perplexité, deux billes qu'on aurait agitées dans un verre.

— Ibabourne, je vous assure n'avoir jamais entendu parler de ce nom. Baf, que voulez-vous, tout siècle nous projette d'une époque à l'autre en dissipant son lot de cadavres à ressusciter, le talent finit toujours par se reconnaître un jour ou l'autre, en tout cas cet Ibabourne-là mériterait certainement d'être relu. Pour le reste, permettez, mon cher, que je vous félicite de votre prodigieuse mémoire, je n'ai jamais vu personne receler autant de mots d'auteurs et d'extraits, vous pourriez aisément rivaliser avec le dictionnaire des citations...

— Mais tenez justement, je l'ai là, celui du Club des Loisirs, c'est déjà pas mal.

L'effet fut bien sûr des plus désastreux, même si le résultat fut grandement appréciable du point de vue de l'ambiance générale, car à partir du moment où on lui confisqua son petit livre de bribes en vrac, c'est vrai que l'examinateur la ramena nettement moins. Enfin on retrouvait les conditions d'un vrai repas, un dîner soulagé de cette tension lancinante que dissipaient toutes ces salves d'interrogations constantes. Enfin on pouvait mastiquer sans la pesanteur du suspens, laissant tranquillement s'épanouir en nos bouches les saveurs subtiles du paisible océan, combinées aux apports habiles, tout en petites touches, des pincées de condiments. Enfin l'immersion gastronomique était totale, tout juste ponctuée d'appréciations plus ou moins gutturales, d'assentiments plus ou moins prononcés et, dans ce saint office qu'est la communion d'un bon repas, ce sacerdoce tout à fait potable, un dessein suprême nous réconciliait tous, transgressant tout statut, polissant toute altérité, le projet majeur et païen de ne même plus se laisser aller à penser. D'ailleurs si Monsieur le Nobel n'en avait pas reparlé de lui-même, sans doute l'objet même de notre soirée nous serait-il complètement sorti de la tête, en tout cas jusque-là personne n'y avait repensé. Et ce fut au moment du plateau de fromages que l'illustre estima le moment venu de nous montrer la brochure, au moment où l'on glissait des senteurs maritimes à l'alpestre, instant sans doute propice selon lui à l'épiphanie de la révélation, alors que de toute évidence le carrefour des surprises dans un bon repas s'accommode bien mieux de l'environnement des desserts.

Le lendemain matin, le père n'avait toujours pas expié cette colère rentrée, cette irritation irrémédiable qui l'assiégeait depuis la veille comme un psoriasis généralisé. À sept heures la boutique était déjà pleine, les étals grouillants de clients turbulents, et pourtant il ne les voyait pas. Les clients, les cabas, pas plus que les poissons ni le reste, ce matin-là il ne voyait rien. Tout ce qu'il faisait, c'était sillonner rageusement la boutique de long en large, marchant sur les pieds des uns en bousculant les autres, tendant ses deux mains écartées devant lui, de vingt bons centimètres au moins, pour reproduire de mémoire les dimensions du volume. En fait, ce qu'il essayait de voir, c'était quelle serait la place la mieux adaptée pour caser le machin, sachant qu'aucun des emplacements qu'il présupposait là ne s'avérait suffisamment ample, large ou solide pour contenir une brochure d'un aussi ambitieux gabarit.

— Mais quelle idée aussi de nous faire un aussi gros bidule que ça…

Il faut dire que la veille au soir, au moment de la surprise, notre plateau de fromages, bien que généreusement achalandé, avait soudainement paru bien mince à côté du tome que l'auguste se mit à nous sortir de son sac. Un long moment la conversation n'avait même tourné qu'autour de ça, sur le bien-fondé d'un opuscule à ce point exhaustif et documenté. Bien sûr, pour l'heure, il n'était pas encore question de poser un jugement de valeur sur ce qu'il y avait dedans, pour l'heure il s'agissait juste de se faire une idée de la configuration générale, mais tout de même, lorsque le littérateur avait lourdement posé son opus sur la table, tous dans l'assistance étaient partis d'un ô mon Dieu, aussi admiratif que désespéré.

Rien qu'à le voir, tenu à bout de bras par l'illustre poète, le beau volume devait faire dans les trois bonnes livres, foi de marin.

— Vous êtes sûr que ça ne fait pas un peu beaucoup ?, osa Kevin, à titre de seul et exclusif propos qu'il énonça de tout le repas.

— Bien sûr, il ne s'agit là que d'un brouillon, le tout demande sans doute d'être encore quelque peu développé, mais je vous prie de croire que même en l'état le projet est tout ce qu'il y a de prometteur...

Heureusement, histoire de nous réconcilier tout de suite avec l'opus, de s'y sentir attaché, il y avait le titre, un titre annonciateur de toutes les projections vaniteuses qu'on escomptait de l'ouvrage, un titre tout ce qu'il y a de simple et parlant, mais marquant bien la dimension généalogique du sujet, avec en prime le mérite de la répétition, mécanique mnémonique qui a l'avantage de bien sonner : *Combi, la famille Combi*.

— Ah oui vraiment, pour ce qui est du titre on peut dire que ça sonne bien, là au moins on va direct à l'essentiel... Mais tout de même, sauf votre respect bien sûr, vous ne pensez pas qu'il serait bon de rajouter « poissonnerie » quelque part en bas, ou en haut d'ailleurs ?

— Tout cela, ce ne sont que des détails au regard de l'ambition du projet, en tout cas soyez bien sûr que, de la poissonnerie et des poissons en général, il en sera fortement question, sans compter toutes ces activités maritimes et annexes qui fondent la profession, je veux parler bien entendu de cette action particulière qui vise à soustraire l'animal de sa sustentation… mais au-delà de la pêche proprement dite, s'y développera aussi le thème du désir de négation quasi prométhéenne de l'ancêtre, cette tentative désespérée de l'occultation de la genèse, quête de l'affranchissement même de sa propre histoire, parce que, après tout, là est bien l'âme même, pour ne pas dire le fondement de mon travail, et ce depuis plus de quarante ans…

— Ah bon.

— Eh oui, mon cher ; et si c'était là le miracle de l'identité, la seule vraie qui vaille, celle que l'on se donne à soi-même…

— Bien sûr, bien sûr, c'est bien beau, mais le poisson dans tout ça, est-ce qu'on donnera le prix ?

Identité ou pas, il n'empêche que depuis le matin au réveil les parents ne faisaient que ça, ils recensaient tout ce qu'il y avait ici comme endroits susceptibles d'accueillir la brochure, en avisaient les dimensions, bien embêtés par cette histoire de format. Le saisissement de la veille avait pour eux été d'autant plus cruel qu'ils avaient depuis belle lurette prévu un présentoir exprès pour caser le prospectus, un genre de petit Eiffel chromé comme on en voit partout, et qui se poste là au côté de la caisse. Mais, en la circonstance, le support s'avérait totalement dépassé, bien trop fébrile en tout cas pour supporter de la brochure de ce calibre là, de la brochure du XIXe siècle.

— Dis donc, ton Nobel, t'es sûr qu'il est à jour ? Il ne serait pas un peu en retraite par hasard, ou plus ou moins dépassé ? En tout cas ce qu'il y a de sûr, c'est qu'un bonhomme un peu plus moderne, un peu plus avisé des choses de la publicité, ne nous aurait jamais pondu un pavé de cette taille-là. Ou à la limite, c'est le genre de prospectus qu'il faudrait vendre pour qu'il soit rentable.

Après ce passage de désillusion coriace, il avait fallu les remotiver sur l'ambition générale du projet, ce caractère déterminant qu'il y avait à collaborer avec une pointure de cette envergure-là, leur remettre à l'esprit la stature que nous conférerait un document promotionnel aussi prestigieusement rédigé. D'autant qu'il était clair que jamais la concurrence n'arriverait à taper aussi haut, jamais aucun autre commerçant de la zone ne taperait dans le Nobel pour torcher son dépliant, à moins bien sûr de donner dans le somptuaire ou de débloquer un budget, auquel cas certains arriveraient peut-être à décrocher un académicien de la Française, ou d'une autre d'ailleurs, et encore, il n'était pas dit qu'il acceptât.

D'ailleurs c'est bien là l'avantage du Nobel sur toute autre catégorie de primés, car l'émolument de l'Académie royale de Stockholm est à ce point carabiné que ces gars-là par la suite sont bien les seuls à avoir véritablement les moyens de continuer de travailler à l'œil.

On a tous en tête l'écho de ces discours qui se tiennent sur la coupure des élites et de la société, artifice de dichotomie qui voudrait qu'il y ait deux mondes sur terre, un à naviguer au-dessus, sphère exclusivement peuplée d'êtres majeurs, coruscants et lointains, et disséminant en sécrétions les idées et points de vue qu'il faut se faire sur toute chose, et un autre pôle en dessous de ça, plus vaste et quantitativement plus fréquenté, un monde nettement plus abordable où surnageraient à peine quelques douteuses bravoures et autres vagues envies de se réaliser, une population lestée de préjugés modestes et de désertions coupables, hantée de superstitions et de veuleries, en somme le monde des mortels face à celui de l'esprit…

En cela le commerce d'un Nobel est salutaire et déculpabilisant, car il permet de mesurer à quel point cette conception des deux mondes est tendancieuse et surannée. Quoi qu'on en pense ou dise, la cassure n'est pas si hermétique que cela, et aussi accaparant que soit le maniement du spirituel, aussi exigeante en soit la quête, il est un moment où l'esprit requiert autre chose que de l'impalpable pour se sustenter, des subsistances plus tangibles, et c'est là qu'en général la réconciliation est jouable. Nous autres, il nous avait suffi d'un bon repas pour mesurer combien la fracture avec les élites était un préjugé de partisans, il nous avait suffi d'une soirée pour réaliser à quel point un Nobel, aussi nourris qu'en soient la renommée et les tirages, est un être tout ce qu'il y a d'abordable et de bienveillant, pour tout dire humain. Ce qui est clair, c'est qu'une fois à quatre pattes sous la table cette classe d'hommes-là n'a guère plus de facilités à s'exprimer qu'une autre, pas plus d'éloquence en tout cas, et qu'au niveau du propos ça ne vole guère plus haut.

Qu'un notable quel qu'il soit vienne passer ne serait-ce qu'un moment à votre table, le temps tout de même de s'envoyer cinq plats principaux et d'écumer tous les millésimés de l'endroit, suffit pour se rendre compte que le fossé n'est pas insurmontable. Maintenant, pour ce qui est de briller, ne pas trop souffrir de l'éclat de ces pointures-là, et si possible lui en remontrer un peu en lui bouchant le coin, un bon vieux dictionnaire des citations fera amplement l'affaire. Pour le reste, tout est question de convenances, savoir s'il aime le sucré ou pas, s'il préfère le café ou le déca, après, pour savoir tout ça il suffit de le lui demander. Par avance, il est bon de savoir que chez cette population aussi l'usage des couverts est parfaitement conventionnel, et que si d'aventure la toquade le prenait de se mettre à manger avec les mains, cela ne vous engagerait en rien à le faire.

Les gens ont toujours tendance à surestimer les auteurs, surtout ceux qui lisent, alors que dans le fond le moindre propos que chacun se tient à soi-même, le moindre embryon de considération, tout cela est déjà en soi pure littérature, les pensées qu'on rumine en sont le récitatif, et nos séquences de colère, d'enthousiasme ou de divagation fondent les arias. Maintenant, quant à la mise en forme de tout ça, la valeur stylistique ou la finesse de l'articulation, elle n'est jamais déterminante, et ne s'affirme pas tant dans le choix strict des mots que dans la façon de les agencer.

Tout cela, le Nobel me l'avait bien dit, après m'avoir solennellement convoqué dans cette partie de sa suite aménagée en bureau. Une précaution sans doute de sa part, une façon de me ménager, car s'il ne voulait toujours pas me faire lire le moindre paragraphe de l'historique Combi, s'il le gardait toujours pour lui comme un secret, il tenait cependant à m'en présenter globalement le projet, usant pour cela d'un vocabulaire et d'une panoplie d'expressions professionnelles, tout un lexique de concepts et de références plutôt rébarbatifs au premier abord, mais qui démontraient à quel point ce gars-là dominait son sujet. Après tout, chaque corps de métier a son jargon en propre, il ne faut pas s'offenser de ces petits hermétismes... Voyez-vous, aujourd'hui l'affirmation de l'identité régionale va au-delà du folklore, et il ne suffit plus de parler la langue pour pérenniser la lutte, eh oui, n'ayons pas peur d'aller au-delà, et pour transcender la persistance linguistique, scellons le pacte d'une communauté de mythologies et d'imaginaires, étayons les soubassements de cette culture par des projets dionysiaques... voyez-vous, je ne crains pas de le dire, votre aventure m'intéresse en cela qu'elle est un véritable emblème, qu'elle pose le nouveau sacerdoce de la biodiversité qui nous fédère tous, c'est d'ailleurs le thème sur lequel j'ai tenté d'enflammer l'Unesco un soir de juin en séance restreinte, et dites-vous bien que le français n'est jamais qu'un idiome aux yeux du mandarin...

Voilà en gros tout ce qu'il daignait me révéler au sujet de l'historique Combi, autant dire rien, si l'on excepte l'originalité probable dans sa façon de raconter, et que la trame devait visiblement procéder du véridique, du certifié, et que pour tout dire il n'avait rien inventé. Il m'avoua même avoir mandaté quelques sbires afin de faire des recherches dans les états civils, de la sorte, toutes ces successions d'avatars, de mensonges et de péripéties qui depuis toujours agrémentaient notre généalogie, tous ces curieux détours que les ancêtres auront faits sur le dos de l'Histoire, tout cela était dorénavant certifié par tout un tas d'attestations administratives dûment tamponnées. Sans doute était-ce son côté universitaire qui lui commandait d'être à ce point vétilleux, et plutôt que de faire mousser notre vécu dans un climat d'influences et de fables, plutôt que d'environner la trame d'un onirisme exubérant, le bonhomme avait tout bonnement ancré la genèse dans le socle même du vrai, quitte à rudement diminuer la valeur du mythe qu'on voulait dispenser.

— D'accord, mais le poisson dans tout ça ?

Mais le poisson voyons, mais c'était l'essence même du projet, le postulat fondateur, une métaphore à filer jusqu'à la moindre fibre, pour être bien sûr d'en retirer tous les bénéfices de l'analogie… Pas d'inquiétude à avoir à ce sujet, la denrée était bien tout ce qu'il y a de déterminant et omniprésent dans l'histoire, y acquérant même le statut de complément existentiel.

— Et au sujet de l'Italie, vous n'avez tout de même pas sucré tout ce qui concerne l'Italie, ce dernier vernis qui participe de l'achèvement…

Là non plus, pas d'inquiétude à avoir, conformément à nos vœux le thème était largement abordé, mais peut-être pas forcément à notre avantage, car, au nombre de toutes ces ambiguïtés que nous entretenions avec la vérité, l'ascendance italienne était bien la plus déroutante du point de vue de l'anthropologue. L'épisode de l'italianisme était donc abordé à titre d'exemple, pour illustrer ce vice coupable à ses yeux, ce crime impie qui consiste à manquer à sa propre vérité. C'était même là son dessein majeur, avérer l'innocuité de toute commutation, le caractère indélébile de nos souches, l'inaliénable pérennité des cruors, cela dit par précaution il me demanda tout de même si cette forme d'assertion ne me dérangeait pas…

— Penses-tu.

— Et au sujet de la Bretagne…

— T'inquiète…

Évidemment j'aurais pu le reprendre, prétexter je ne sais quel droit de regard avant de valider la brochure, mais il n'est pas aisé de contester le travail d'un auteur de métier, surtout tant qu'on n'a jamais rien lu de lui. Autant le laisser faire. Il ne viendrait jamais à personne l'idée de reprendre le poissonnier sur sa façon de manipuler la bête, ou l'angle qu'il prend pour la dépecer.

Le plus beau, ce fut le moment où, selon la recommandation timide du père, j'abordai le sujet délicat, ne serait-ce que par bonne conscience, demandant de but en blanc au Nobel si on lui devait quelque chose…

Pensez-vous, ce gars-là n'était pas le genre à vous plier le prospectus pour de la menue monnaie, pas le gars à plafonner dans le prosaïque, au point qu'il m'assura que, dans tout ça, ce qui le motivait le plus, ce n'était même pas l'angle de la curiosité, de la condescendance ou de l'apitoiement, mais bel et bien celui de l'ethnologie. Rien ne serait pire que de se glisser dans la pose des humbles pour en soustraire un quelconque exotisme, en plus d'une rétribution.

Ce n'est que quelques semaines plus tard qu'on a véritablement touché du concret, c'est là qu'on a vu de nos yeux vu ce qu'avait été le travail du vigoureux littérateur, enfin on soupesait la brochure en la tenant pour de vrai, toute finition faite, avec cette fois encore bien plus de doute que de perplexité.

L'autre grand mystère, ce fut bien de découvrir qu'en plus d'être placée dans notre boutique, la brochure était disponible dans un tas d'autres points de vente en ville, et que la plupart avaient tous été approvisionnés avant nous. Le document nous étant personnellement destiné, et même expressément dédié, il y aurait donc eu toute légitimité à ce que ce fût nous qui fussions servis les premiers, et pourtant, avant même de l'avoir vu en vrai, quantité d'autres personnes l'avaient déjà parcouru, et venaient même sur place juger de la véracité de cette réputation qui nous y était faite, affluence qui au passage avérait tout le bien-fondé de la démarche publicitaire.

Qu'importaient ces détails d'approvisionnement, là-dessus aussi on avait pris le parti de faire confiance à l'illustre, d'ailleurs il avait lui-même pris en main la question de l'impression, usant sans doute de ces considérables relations qu'il devait avoir dans les milieux de la reprographie. Après tout l'essentiel était bien que nous l'ayons enfin, notre carton de prospectus, une bonne centaine d'exemplaires qu'on disposa pour certains sur la caisse, quant aux autres, avec une intention tout ce qu'il y a de perfide et tentatrice, on les cala carrément au milieu du poisson, dans l'environnement même de la marchandise, ce qui ne posait aucun problème puisque le document était hermétiquement scellé sous un film plastique.

L'autre bonne surprise, pour nous, fut de découvrir que l'historique, en plus d'être payant, avait aussi un prix. Au-dessous de la somme rondelette imprimée au dos du volume, figuraient le code-barre et le tarif en euros, autant dire que si on ramenait l'historique au prix du kilo, ça le faisait ressortir dans les cent vingt francs, soit à mi-chemin entre la lotte et le cabillaud.

Bien sûr, ne fût-ce qu'à titre informatif, on avait tous envie de l'ouvrir, le plastique, histoire de savoir ce qu'il y avait dedans, d'autant que, par principe, les Combi ne servent jamais que des produits qu'ils ont eux-mêmes éprouvés, mais compte tenu du surcroît d'activité directement lié à cette nouvelle publicité, on n'avait plus le temps de lire. Déjà que chez les Combi c'était pas le client qui manquait, on peut dire que depuis l'historique, et les savants mérites dont il devait nous encenser, il nous venait chaque jour un peu plus de monde que la veille. Le plus étrange, c'était cette manie qu'avaient certains d'entre eux de nous aborder avec un air aimable, comme s'ils tentaient d'emblée la connivence, sinon la familiarité, sans compter qu'ils repartaient guillerets une fois leur panier rempli, avec toujours le même petit clin d'œil complice, et le même mot d'italien :

— *Kenavo !*

— Eh ben, *kenavo*, leur répondait le père, ou la mère, ou bien celui qu'il y avait là à ce moment pour les servir.

Bien sûr ce petit désagrément était minime, bien peu de chose à vrai dire, mais il avait malgré tout justifié que l'on poussât tous un soir jusqu'au papetier pour lui acheter un dictionnaire d'italien aussi exhaustif que possible.

Là encore, *kenavo*, nous lança le libraire au moment de nous saluer, nous persécutant lui aussi de ce même petit air de connivence acquise, presque émoustillé. Ce gaillard-là, avec ses boucles blondes et sa barbe de pur barde, pensait sans doute nous faire plaisir en nous donnant de l'idiome.

*Kenavo*, après tout du point de vue du vocabulaire c'était toujours ça de pris, bien pratique en tout cas pour ce qui était de raccompagner le client, et déjà que les parents savaient que bonjour, en gros, ça se disait *buongiorno*, avec *kenavo* ça faisait déjà deux mots qu'ils possédaient de la langue, les deux bornes minimales qui permettent en fin de compte de délimiter toute forme de conversation.

*Buongiorno*, qu'on leur disait quand ils arrivaient, ce qui les faisait souvent rire d'ailleurs ; *kenavo*, nous renvoyait le client au moment de nous saluer, ne se lassant pas de le répéter, ce qui en plus d'instaurer une certaine familiarité avait le mérite de rendre tout le monde hilare.

Ce petit manège-là est bien le signe que l'italien est une langue tout ce qu'il y a d'entraînante et conviviale, mobilisatrice et stimulante au moins, puisque son simple environnement installe de suite une atmosphère qui invite à la surenchère, sinon à la surconsommation.

Pour les parents, la satisfaction était totale. Enfin ils sentaient leur statut d'immigrés définitivement acquis, assimilé par tous, et après tant d'années d'incertitude identitaire, tant d'années à se débattre dans l'approximation, cette fois le coup de l'exil avait bel et bien pris. La clientèle entière leur renvoyait ce parfum d'insouciance, ce paravent italianisant qui certifiait nos origines et notre passé. Cette fois, c'était flagrant, l'historique avait bel et bien fait son œuvre, et sans même qu'on l'eût lu, d'avance on sentait que le Nobel s'en était bien tiré, qu'il avait été tout ce qu'il y a de précis, démonstratif et convaincant dans sa façon de restituer la chronologie de nos épisodes ; parce qu'ils étaient nombreux, les curieux, à nous aborder de façon rigolarde et avide sur la question du périple de nos prodiges d'ancêtres, et plus particulièrement l'épisode du cétacé…

— Et de la baleine d'abord, vous en vendez ? disait Untel, avec dans la voix des accents de rocaille et d'humour chaleureux ; ou encore : Votre baleine, encore bien beau qu'elle ne leur a pas fait le coup de Jonas, ingérer le prophète pour le recracher trois jours après…

*Kenavo*, lançait sèchement le père à ceux qui se faisaient trop insistants ou narquois, histoire d'abréger la conversation, de désamorcer ces tenaces qui sombraient dans l'interminable exercice de la sympathique moquerie… Dans la famille, on vivait mal de rigoler sur le dos du cétacé. Prendre l'épisode baleinier à la rigolade, c'était ni plus ni moins que nous discréditer.

Un beau jour, l'Ibabourne en personne nous fit l'honneur de sa visite, sans même avoir quoi que ce fût à nous demander pour une fois, pas même une de ces queues de thon, parfaitement ingérables, et qu'il nous soulageait de la peine cruelle de devoir jeter.

— Permettez que je vous félicite, nous lança-t-il en exhibant le volume, comme s'il considérait que nous en étions les auteurs. Dans la vie il est bon de tout dire, affirmait-il, de tout balancer, et dites-vous bien que tomber les masques, se présenter clairement aux autres permet de mieux savoir qui on est.

— Tout de même, tempéra le père, je vous rappelle que nous n'y sommes pour rien, sans le Nobel on ne serait jamais arrivés à boucler ce machin-là.

— Non, non, ne minimisez pas, ce qui fait la valeur d'un texte ce n'est pas le prestige de la main qui le rédige, c'est la dimension même du thème qui l'insuffle.

Soit. Après tout le point de vue de cet homme-là sur la brochure devait être autrement plus avisé que le nôtre, dans la mesure même où lui aussi était un professionnel, et surtout parce qu'il l'avait lue.

— De toute façon, ajouta l'agrégé, avec une assurance et un style que seule l'agrégation permet, ne pas avoir lu une œuvre ne dispense en rien d'en parler, pas plus que la lire garantit de la comprendre.

— Si vous le dites.

— ... Et s'il n'y a que les lecteurs d'Hamsun pour en parler, il n'en va pas de même pour Proust, Marx ou Cervantès.

— Bon, écoutez, c'est pas le tout, mais vous voyez bien qu'on a du travail.

Trouvant parfaitement inconvenant d'être ainsi interrompu, sinon remballé, le grand Ibabourne sortit à reculons, et alors qu'on lui lançait tous un *kenavo* bien appuyé, il nous glissa d'un air entendu une formule étrange :

— *Ken arc'hoazh...*

La moindre connaissance qui vous rend visite, que ce soit de la famille ou un lointain voisin, prend toujours avant de débarquer la délicate précaution de vous écrire, ou pour le moins, de vous téléphoner. D'aucuns trouveront là la marque d'une politesse ultime, la prudence bien sentie de ne pas prendre le risque d'importuner. D'autres, au-delà de ça, anticipent par cette précaution l'assurance d'être bien reçu. Puis il y a le reste, cette fine fleur de l'envahissant, ceux qui ne craignent pas de surgir à l'improviste, n'ayant ni prévenu ni programmé, ni anticipé quoi que ce soit, et qui une fois sur place vous lancent sur un ton dégagé, j'espère que je ne vous dérange pas, lors même qu'ils ont tout fait pour ça...

Un Nobel, par contre, n'importune jamais. À sa convenance il peut survenir chez vous ivre ou à jeun, ou même à cinq heures du matin, ou pourquoi pas en bande ou à moitié nu, qu'importe, de toute façon un Nobel en débarquant est toujours le bienvenu. Le nôtre avait même eu l'attention toute délicate, sinon l'humilité, de se poster sobrement en face de la boutique, et de rester là jusqu'à ce qu'on le remarquât, dans la posture même de celui qui temporise avant d'entrer, escomptant y être solennellement invité.

— Enfin voyons, cher maître, mais entrez... ce n'est pas parce qu'il y a du monde que vous nous dérangez.

— Je venais juste prendre de vos nouvelles, savoir comment ça se passait.

— Oh ! mais à merveille, mon cher, à merveille, d'ailleurs vous n'avez qu'à en juger par vous-même.

— Et globalement je veux dire, qu'est-ce que vous en pensez ?

— Im-pe-ccable. Croyez-le si vous le voulez, mais en à peine un mois on a déjà doublé le chiffre d'affaires ; c'est vous dire... D'ailleurs pour ce qui est du bateau, ils sont tellement débordés qu'ils ne perdent même plus le temps de repasser par le port pour décharger la marchandise, on va la récupérer directement sur le site.

Là-dessus le grand phraseur, visiblement gêné de faire chuchoter la clientèle, prit le père à part et l'emmena vers les grands bacs pour lui apprendre que dans trois jours de ça il quittait notre contrée.

— Comment, vous nous laissez déjà ?

— Eh oui, que voulez-vous, mais pas plus de deux mois, d'ailleurs sachez que je pars justement pour les besoins de *La Famille Combi*, le temps de faire une petite tournée promotionnelle, une vingtaine de villes tout au plus, après quoi je reviendrai...

— Une vingtaine de villes ? Mais où donc allez-vous trouver une vingtaine de villes dans le coin...

— Un peu partout, voyons, New York, Singapour, New Delhi, je ne sais plus bien, je n'ai plus l'agenda en tête...

— Vraiment, mais vous êtes sûr que ce n'est pas un peu exagéré, déjà qu'au niveau de la région vous nous avez sacrément rabattu la clientèle, si maintenant vous vous mettez en tête d'entreprendre le monde entier, on s'en sortira jamais, en tout cas il n'est pas dit qu'on arrivera à suivre le rythme.

— Ah ! mon cher Combi, je ne connais personne qui ait votre humour, cette douce désillusion teintée de modestie, cette humilité triomphante, décidément vous êtes impayable…

— Justement à propos de ça.

C'est là que le père, oubliant comme dans un accès d'inconscience son vorace talent de négociateur, demanda à l'illustre s'il était bien certain de ne vouloir aucun dédommagement, ne fût-ce qu'une clayette de passe-pierres ou de crustacés.

— Mais enfin, mon cher, vous plaisantez. Pensez-vous que madame Bovary songea une seconde à demander une quelconque indemnité à monsieur de Balzac.

— Non, Flaubert.

Tout de même le père savait celui-là, d'ailleurs il n'était pas mécontent de lui, et si on lui avait dit qu'un jour il lui serait donné de moucher un Nobel, il aurait bien été le premier à en douter.

— Ah ! mon cher Combi, si vous n'existiez pas je crois bien qu'il faudrait vous inventer. D'ailleurs, n'est-ce pas un peu ce que vous avez fait ? Artiste, va…

De mémoire de Combi, et Dieu sait qu'elle est vaste, généreuse et fiable, on n'avait encore jamais vu autant de monde dans une poissonnerie. Des clients, il nous en venait plus encore que des mouches, à cette différence près que si le diptère est la hantise du vendeur de marée, le passant à l'humeur cliente est, lui, tout ce qu'il y a d'apprécié. Surtout que le gros bataillon de cette nouvelle clientèle était bien mieux disposé que le chaland classique, un regain d'affluence qui procédait très mécaniquement de la brochure, nous drainant de nouveaux acheteurs on ne peut plus discrets, faciles et souples, d'avance conquis, y compris des touristes qui disaient avoir fait le détour très précisément pour nous voir, nous autres plus encore que le poisson, à titre de curiosités.

Peut-être était-ce là un des effets de la tournée mondiale du propagandiste, la répercussion de ce prodigieux topo dont il devait arroser le monde. Il faut dire il est vrai que cet investissement personnel du rédacteur nous allait droit au cœur. En général, les publicitaires vous ficellent des brochures en moins de deux, et une fois le travail fini ils n'ont pas d'autres soucis que de palper très vite le montant du chèque. Alors qu'avec un prix Nobel, non seulement le travail était bien fait, le bonhomme ayant gratté sans regarder à l'effort, nous propulsant des dix pages à plus de cinq cents, mais en plus, une fois le dépliant bouclé, il n'hésitait pas à donner de sa personne pour veiller au bon déroulement de sa distribution. On pouvait difficilement faire mieux dans l'ordre de la conscience professionnelle.

Ce qu'il y avait d'indéniable aussi, c'était la prouesse de sa prose, l'efficience de ce véhicule-là, car depuis ces deux semaines, ce qui faisait le gros du chiffre des Établissements Combi, ça n'était plus tant la lotte, la roussette ou la lamproie que la brochure elle-même qui partait par lots. À croire que les gens trouvaient encore plus de plaisir à goûter l'anecdote qu'à se farcir le poisson lui-même.

Pour pallier la demande, on avait même dû repasser commande par cartons entiers, ce qui du point de vue de la manutention ne nous dérangeait pas tant que ça, la brochure réclamant assez peu de préparatifs de la part du vendeur, en tout cas moins que le poisson, et qu'elle ressort de ces articles qui se stockent facile dans l'arrière-cour, sans devoir s'inquiéter de l'entretien ni de la péremption, sans même avoir à faire gicler le Fréon.

La seule nouvelle contrainte qui nous incombait, c'était de faire patienter la faune tant que possible, de temporiser tout en veillant à ce qu'elle ne le vécût pas trop mal. Pour cela les chambres froides insufflaient ce qu'elles pouvaient de banquise pour maintenir le comestible et plusieurs fois par jour on arrosait l'ensemble d'eau de la ville et le saupoudrait de salé, histoire de lui remémorer l'élément. Dans tout ça, il n'y avait guère que la crevette à frétiller comme si de rien n'était, signe que cet animal-là est bien, quoi qu'on en pense, un des moins enquiquinants de tout le règne animal.

Au milieu de ça, l'historique était bien le moins vulnérable, le moins impatient, mais à peine avait-on le temps d'entamer un carton neuf que déjà on devait en déballer un autre, et l'exposer au client sans autre forme de préparation.

La mère, qui avait pour elle le goût de la décoration, elle qui savait planter le persil pour égayer le mérou, elle qui rehaussait la lamproie en lui calant le varech, voilà qu'elle n'avait même plus le loisir de dispenser son art. Une chance que parmi ces affamés du volume il y en avait toujours pour avoir l'idée du cadeau, de sorte que la mère leur moulait la brochure dans un beau papier à thème, et pour aller jusqu'au bout du concept elle leur faisait même un joli nœud en vrillant la laminaire ou en tissant le goémon.

À coup sûr, c'était bien la première fois qu'on voyait un magasin, tous secteurs confondus, doubler son chiffre d'affaires, en vendant le document publicitaire plutôt que les produits eux-mêmes.

Ce qui nous faisait drôle, aussi, c'était la tonalité générale de la clientèle. Fini la petite mémé poussive ou l'esthète à remarques, fini le cordon-bleu à l'intransigeance culpabilisante, fini le cul-bénit du jour saint qui se sustentait de mystique, fini les empâtées couleur locale qui réclamaient qu'on leur évide le maquereau et qu'on leur ôte le gras, fini le Provençal type avec sa manie du poisson de roches, ces virtuoses de la bouillabaisse qui attendaient de nous qu'on leur pêche leurs trouvailles à mains nues, fini toutes ces réclamations au sujet de l'arête, des écailles et du troufion de l'oursin, fini tous ces puristes qui voulaient de l'anchois sans squelette et du poulpe sans tibia... Grâce à l'opuscule enfin on pouvait dire qu'on avait de vrais clients, de ces délicats qui empoignent mollement la chose et la soupèsent un peu, sans du tout craindre de se poisser les mains, sans même le plus petit air écœuré, des clients habiles qui envisagent le dos carré sous toutes les coutures, qui promènent leur regard en dedans histoire de se faire une idée, et qui la plupart du temps se décidaient sans même nous demander l'avis. Pour la famille Combi, la vie devenait bien plus tranquille, excepté les frangins bien sûr, eux qui continuaient de sortir en mer tous les matins, sous prétexte qu'un bateau revient plus cher à entretenir si on le laisse là à rien foutre plutôt que de l'appareiller.

La nature, c'est le complément de l'humain, c'est ce qui met de la couleur au décor et distrait des galets, la nature, c'est ce qui nous plante des pelouses vertes et fait l'air ventilé, mais en vertu du principe qui veut que toute chose dispense son utilité en sus de ses charmes, la nature, en attendant de la supplanter, c'est encore ce qu'on a de mieux pour trouver à bouffer. Que ce soit dans l'ordre du végétal ou de l'animé, tout se digère et se transmute, tout nous rassasie dans un climat de santé, si l'on excepte bien sûr les élaborations complexes et plus ou moins transgressées.

Seulement, en dépit du sentiment de liberté farouche qui habite tout poissonnier, il est à croire qu'au-dessus des choses il y a un ordre immanent et régissant tout, implacable et intransigeant dans ses schémas, une règle obtuse qui voudrait que tout pêcheur, aussi habile soit-il à débusquer ses proies, n'ait pas d'autre projet que de se nourrir lui-même, faute de quoi, ayant versé au-delà de sa quote-part, ayant outrepassé son dû, vient le moment où ses filets ne lui servent plus à rien d'autre qu'à tamiser le salé.

Le *Royal Combi*, aussi flottant fût-il et disposé aux trajets, avait beau aller et venir en tous sens sur le grand large, traquant le banc subtil en sillonnant la marmite, depuis quelques jours il ne remontait jamais rien d'autre que des antiquailles et des vieilleries, quelques bouteilles aussi, tout un stock de véhicules anciennement motorisés, mais sans plus le moindre poisson en dedans, rien qui attestât la moindre forme de vie.

La mer est une marâtre qui nous domine et nous module en fonction de ses humeurs, nous faisant passer par ce qu'il est bien convenu d'appeler ses hauts et ses bas, nous infligeant des naufrages aussi bien que des grandes joies, des prises célestes tout autant que des gravats. Face à cet arbitraire, pas le moindre moyen de se plaindre ou de revendiquer, pas la moindre instance pour signifier sa révolte et répandre son sentiment d'injustice.

C'est pas grave, rétorquait le père aux deux valeureux frangins, des consciencieux qui, plutôt que de rentrer le soir les mains vides, récupéraient ce qu'ils pouvaient de ferrailles et de pneus, afin de remiser le tout en perspective des sorties de grenier et autres foires à la brocante qui pullulent dans la région à la belle saison. De toute façon ces deux-là, vu le sens de la combine qui les animait, vu cette fibre innée qu'ils avaient du commerce, on les imaginait sans problème glisser du produit frais pêché à l'antiquité. Pour eux, l'éventualité du recyclage était naturelle et inscrite, dans la mesure même où elle augurait de profits grandissants, elle suivait le fil d'une prédestination fondée. Les frangines, par contre, posaient bien plus problème, ayant visiblement du mal à négocier le virage du désœuvrement, basculant dans l'oisiveté avec tout un assaut de pensées coupables et de somatisations. Elles commençaient mine de rien à sombrer dans une préoccupante inactivité. Plantées à longueur de journée derrière un étal vidé, sans plus le moindre animal à bichonner, plus la moindre carcasse à visiter, écoulant une brochure à ce point briguée que le client se pressait sans qu'on dût le haranguer. Et s'il est dit que l'oisiveté est mère de tous les vices, dans le genre géniteur, l'ennui enfante pas mal aussi.

C'est probablement de là que leur est venu le goût passable de la lecture aux frangines, et plutôt que de passer le temps à ne rien faire, elles se seront plongées dans la brochure.

Maudites soient les brochures, les phrases et tout ce qu'elles renferment, maudits soient les garnisseurs de pages avec toutes ces histoires qu'ils vont pêcher, et si revenait un peu de ces ères souveraines où la censure sévissait, de ces instances implacables et autorisées qui faisaient la part des choses, de ces préalables à toute diffusion qui savaient faire le tri, il n'y aurait pas sur nos étals tous ces morceaux de mensonges, de contes recuits et de fables avariées.

Il fallait s'en douter qu'à force de se plonger dans la brochure, faute de vraie activité, les frangines se mettraient un jour à nous en lire des passages à haute voix. D'ailleurs, c'est là qu'on a véritablement pris la mesure de ce travail monumental qu'avait abattu le Nobel, parce que en fait de document promotionnel il s'agissait ni plus ni moins que d'une vraie somme, un volume considérable où les références abondaient, le genre biographie de groupe courant sur plus d'un siècle, dépassant largement le cadre de l'ambition publicitaire.

Si d'aucuns prétendent avoir déjà vu le monde s'écrouler autour de soi... quand il le fit chez les Combi, ce fut un fameux soir où nous étions tous à table, et la tournure que prit l'effondrement ce jour-là invalidait d'avance toute perspective d'accommodement.

Tout naufrage a son écueil, tout orage a son chêne expiatoire, et si autour d'une table enflammée par les débordements de la colère il en est toujours un à être plus exposé que les autres, unanimement visé, dissimulant son appréhension et ses craintes sous un air coi d'incompréhension, en l'occurrence, il va sans dire que c'était moi.

À la limite, essuyer la foudre ou supporter le chavirage, coudoyer le tocsin ou border le mur de l'avion à réaction, tous ces avatars ne seraient que distractions à côté d'une soirée comme celle-là. Après tout, pour se sortir du naufrage il suffit au brasseur de forcer un peu son talent, et quitte à troquer sa patience contre le cynisme le plus froid, dans la vie on endure à peu près tout, mais comment sortir indemne d'une tablée où tous les regards vous fustigent d'un air vengeur, comment endurer l'œil humide, implacable et tranchant d'une bordée de poissonniers chauffés à blanc comme des gamelles, comment ne pas craindre de toutes ces mains qui trépignent au bord de leur couteau, trempés les unes comme l'autre dans l'acier de la rancune, comment réchapper d'une engueulade d'une telle intensité ?

Le drame en fait sera venu de ce résumé succinct que nous firent les frangines au moment du repas. Pour avoir lu l'historique, et pas seulement dans les grandes lignes, il ne leur avait pas échappé que le Nobel avait visiblement dénié nos intentions de réaménagements généalogiques, et plutôt que de nous faire ressortir de l'Italie sur l'omoplate du cétacé comme on l'attendait tous, il avait préféré la version authentique, autrement dit ce périple approximatif et sans grand idéal, bien plus proche de l'évasion fiscale que de l'insoumission. À croire que ce type-là avait eu des scrupules à broder le tissu de mensonges, ou qu'il n'avait pas le goût du thème imposé.

C'était d'autant plus dommage que ça démentait tout l'aspect méditerranéen de notre essence, du Combi au Piaggo, du faux accent à la mise aux couleurs du bateau, tous ces artifices qui depuis toujours visaient à nous certifier comme tels, tout devenait dérisoire, inopérant. Les frangines reçurent cette révélation comme un choc, quant aux frangins n'en parlons pas, du coup ils s'arrêtèrent tout net de parler avec les mains. Il avait suffi d'un chapitre et de quelques poignées de paragraphes pour que toute une famille redescende d'un bloc du plus haut de ses illusions, pour qu'on se retrouve orphelins d'un passé qui décidément ne collait plus.

— On aurait dû s'en méfier du lettré, en tout cas on n'aurait jamais dû lui faire confiance, en plus je me doutais bien que Plouhenec'h, c'était un nom à consonances. Ce gars-là, c'était bien un Breton avant d'être un Nobel... dans ces conditions, pas étonnant qu'il se soit servi de nous pour virer dans la thèse, pas étonnant qu'il nous ait fait le coup de la dissémination flatteuse des peuples...

Se savoir dénoncés comme Bretons aux yeux du monde, pour eux c'était une vraie catastrophe, peut-être même pire que d'apprendre que la Méditerranée se déversait soudain dans l'antipode ou que le prion était compatible avec le poisson. Que je me fusse fait tirer les vers du nez par un Nobel sans imaginaire, un puriste qui ne concevait de littérature qu'à partir des éléments du vrai, et que partant de là notre histoire fût le support de balivernes d'un prosateur antique, tout cela les minait plus encore qu'une relégation.

Les pauvres, il faut bien reconnaître aussi que leur désarroi était parfaitement compréhensible.

Après tout, dès lors que quelqu'un gêne dans une famille, dès lors qu'il encombre exagérément, suffit juste de le coller dans la baignoire et de s'asseoir à plusieurs dessus, il n'y a rien d'irrémédiable à cela; par contre qu'une brochure fasse le tour du monde en colportant votre mémoire, que votre passé s'évide dans le fossé de toutes les incrédulités, et que ce subtil océan d'ombre que vous cultiviez depuis toujours, cette mer de duperie, se mette soudain à dégorger un à un vos ancêtres, qu'elle les remonte à la surface de ce jus délétère un à un, ces ombres pâles et leur passé noyé, alors là à coup sûr vous pouvez dire de l'historique qu'en plus de vous avoir démythifié, il vous a même sacrement mouillé.

Toute navigation est habitée par l'échouage, hantée par l'allégorie de la perte, toute vie aussi, et dans le grand flux du monde, dans ce qu'il recense d'humains, dès lors que la fatalité frappe, le tri se fait très vite entre les vaillants qui se récupèrent d'instinct et ceux qui coulent à pic. Quelle que soit la pointure de nos idéaux, combien nobles soient nos convictions, il n'est pas d'autre rédemption, pas le moindre salut hors de ces souplesses qu'il faut dérouler sans fin pour retomber sur ses pieds. Les Combi n'étant pas du genre à se laisser aller, pas plus dans la vie que dans la vague rageuse, il n'y avait donc pas la moindre raison que le destin nous déniât une de ses portes de sortie. Tous les écumeurs de mer vous le diront, on ne se sort jamais mieux d'un naufrage que par le haut. Quelle que soit la difficulté de la situation, quelle que soit cette facilité du désespoir à vouloir nous tenter, jusque-là jamais nous ne nous sommes laissé tenter par les conforts de l'accablement.

C'était presque incongru de voir la boutique avec le rideau de fer baissé, surtout en plein jour, aussi dramatique que de voir un étendard en berne ou un soldat exempté, et dans ce que la rue comptait de magasins, que le nôtre fût bouclé alors que les autres étaient ouverts faisait comme une dent qui manquait.

Il va sans dire que la mère et les frangines auraient préféré qu'on embarquât un peu de l'ameublement, qu'on se trimballât les penderies, les tiroirs et surtout ce qu'il y avait dedans, qu'on emportât aussi la machine à café, le réveil et les brosses à dents, mais malgré tous ces hasards que la navigation recèle, il est une règle qui frappe l'esprit de tout navigant au moment d'embarquer, lui apparaissant comme une évidence, c'est que plus il emmène de son appartement, moins il ira vite dans le trajet qui l'attend.

Des accessoires, on s'en fout, gueulait le père, d'autant que là où on va, ils en disposent autrement mieux qu'ici, et du nettement plus contemporain. La préservation de nos affaires personnelles n'était pas, loin de là, le projet majeur du voyage, étant bien entendu que ce qui motivait cette subite pulsion de l'évasion n'était rien de moins que la préservation de l'essentiel, autrement dit préserver non pas le miroir en tant que tel, mais l'impression qui naît à se voir dedans.

De toutes ces valeurs qui posent les fondements de l'humain, celle qui chez nous se trouvait menacée par les allégations de l'opuscule ressortait bien plus de l'honneur que du mobilier. Du fait de ces séquences de révélations amplement délayées par le Nobel, nous venions tout bonnement de perdre la face, pas moins. Dès lors, tout le monde dans le coin nous tenait pour ces Bretons que nous étions, tout le monde nous reconnaissait comme tels, déniant de fait le beau mirage italien qui servait de paravent.

Autant dire que pour la famille c'était le drame, qu'ils vivaient ça aussi gravement qu'une dénonciation, et cette moindre gloire qu'il y a à s'inventer son identité, à se raccrocher à cette parcelle de soi comme à un bout de monde libre, cette grâce-là leur était définitivement refusée. Et autant le label du migrant italien recraché par le totalitaire, préférant l'exil plutôt que de manger de ce pain-là, autant cette pose avait de la gueule, autant le tableau piteux de nos paimpolais ancêtres, giclant de la côte avec perte et fracas, des emmédusés du radeau même pas foutus de ramer, débarqués de force du continent sous le feu nourri des injonctions de payer, autant ce tableau-là, il faut bien le reconnaître, tenait bien plus du pitoyable que du reluisant.

Pour une fois nous étions tous d'accord, pour une fois nous nous faisions tous la même idée de la situation. Tout ce qu'il nous restait à faire, c'était de se laver l'honneur à grands coups d'océan, d'échapper à cette nouvelle identité qui menaçait de prendre comme un nouveau ciment, nous figeant dans la glaise du banal fraudeur récalcitrant, alors qu'on se croyait faits du marbre du dissident.

Fuir à notre tour, pointer sa dignité sur le cap des grands principes, prendre la mer pour vidanger son passé, voilà qui tout de même aurait plus de gueule au regard de l'Histoire, et qui en plus permettrait de se faire bien voir, serait sans doute plus commode pour tâter de la postérité.

— Et si les aïeux jusque-là ont toujours manqué le cap Horn, s'ils sont toujours passés à côté de ça, dites-vous bien que nous autres on ne le ratera pas, quitte même à décrocher la pancarte, quitte même à y repasser deux fois pour être bien sûrs que c'est bien celui-là. Où qu'il se terre, où que l'océan le recèle, quels que soient ces rideaux de mer qu'il nous faudra déjouer pour forcer sa retraite, je vous jure bien que cette fois le grand cap on l'abordera, que ce soit par la gauche, par la droite ou même par le milieu, qu'il soit bien clair dans l'esprit de Poséidon que les Combi ne se feront plus berner par un malheureux bout de territoire déserté et stérile, un canton de sol nu même pas foutu de faire pousser les raves.

« Assez baragouiné, bagages ou pas de toute façon on y va », étant bien entendu que dans toute fuite on est déjà largement encombré par le propre poids de sa carcasse.

Le seul point sur lequel il convenait de s'équiper, c'était la question de la soif, et s'il est dit qu'en mer, de la flotte, on en trouve partout, pour ce qui est des liquides plus échauffants, autant prendre ses précautions avant – du pinard bien sûr, mais de l'eau-de-vie surtout, d'autant que si ça s'appelle comme ça, c'est sûrement qu'il doit y avoir une bonne raison.

La navigation est un exil céleste, un temps de pause idéal à moduler dans la gnose, mais dès lors que votre intention n'est pas de faire un score ou d'améliorer le chrono, dès lors qu'il ne s'agit pas de rallier son but en tâtant de la prouesse, advient alors, en plus de cette mer avide qui toujours vous guette, un autre péril nettement plus funeste, et qui est là en permanence à hanter le moindre clapot, un écueil farouche, aussi tenace que corrupteur, une sorte de liqueur qui remonte de tous bords comme infusée de l'antique.

L'ennui.

C'est pourquoi dans ce genre de circonstances extrêmes, dans ce genre d'isolements majeurs où il n'y a rien d'autre à faire qu'à se laisser onduler à longueur de journée, le seul véritable allié du navigant, en fin de compte c'est la soif. C'est elle qui sans relâche vous donne l'idée du projet, c'est elle qui du matin au soir vous remotive en agitant le spectre de la peur de manquer. D'autant que ce n'est pas facile de sombrer aussi brutalement, pour ainsi dire du jour au lendemain, dans l'oisiveté complète, surtout pour une bordée d'actifs comme nous, des laborieux de nature avec la manie des horaires et du travail bien fait, pas commode de se retrouver à sept dans un rafiot de vingt mètres, sans plus la moindre activité.

Et pourtant, même en pleine croisière on se levait à cinq heures, même en pleine mer on faisait sonner le réveil, et pour quoi faire je vous le demande, sinon vaguement ferrer, trouver de quoi justifier le repas sans prendre le risque de se surcharger. Mais pour accaparante que soit la pêche le long du littoral, dans le grand large ce type d'activité perd rudement de sa difficulté, en tout cas pas question de compter sur elle pour vous remplir la journée. Une fois en pleine mer, sans plus ni port ni côte pour meubler l'horizon, il suffit de lancer le chalut pour le remplir aussitôt, et retrouver le poisson sans devoir écumer la brocante. Dans ces zones-là, le fond est tellement bas, le sol tellement enfoui que la faune ne vit que dans le projet de la surface, et puisqu'il n'y a pas la moindre base à visiter, pas le moindre sujet de distraction, l'animal affleure tant que possible pour voir passer le bateau.

C'en est même à se demander pourquoi la bête va se perdre ainsi loin au large, sans le moindre caddie pour égayer, sans voiture ni télé, et rien non plus pour se sustenter sinon de vagues canettes qu'on retrouve de temps en temps, quasi craintives entre deux eaux, vestiges d'un ennui probable qu'un marin de passage aura éclusées avant vous.

Pour une famille comme la nôtre, des intimes qui jusque-là n'avaient encore jamais véritablement pris le temps de se connaître ou de se parler, on aurait pu croire que la croisière allait être une occasion unique de se découvrir un peu, de faire globalement le point. En fait non, la promiscuité ne nous permettait rien d'autre que de nous incommoder d'un peu plus près, de nous gêner mutuellement dans le cadre du contigu.

Restait alors la question de la trajectoire, même si là encore le consensus ne se dégageait pas vraiment, compte tenu de ce mal fou qu'on avait à ajuster notre position. Tout ce qui ressortait du pointage était l'affaire des frangins. Étant les seuls à savoir lire une carte, ils étaient de fait les seuls habilités à contrôler le tracé, et pourtant sur ce sujet comme sur les autres tout le monde y ajoutait son grain de sel, et nos divergences étaient telles sur la question des cartes qu'on vécut comme un soulagement le jour où le père résolut définitivement toute querelle en déchirant l'atlas.

— Au moins, comme disait le père, arborant une satisfaction déculpabilisante, on navigue à l'ancienne.

Constamment faire l'effort de savoir où l'on était, tenter d'évaluer sa place et ce vers quoi on se dirigeait vraiment, voilà qui en plus de nous occuper nous aura appris dans quel sens se tenait le sextant, et à quoi ça servait vraiment, occasion unique de pédagogie par le vrai. Mon Dieu, tout de même que ces pointages-là étaient vaseux !, ne renvoyant jamais à rien d'autre qu'à des tas de chiffres abstraits, des données qu'on projetait sur le souvenir qu'on avait des cartes, déduisant des repères qui *in situ* n'étaient même pas signalisés.

À ce qu'en disaient les frangins, c'est vrai qu'on l'a franchi le cap Horn, et pas qu'une seule fois, au point que chaque matin ils nous réveillaient en jurant que cette fois c'était fait, cette fois, le bon bout, on le tenait. À en croire ces matins de promesses, c'est clair qu'on en a passé, des cap Horn, de près, de loin ou même par le milieu on en a passé de toutes sortes, des cap Horn plus ou moins délicats en termes de difficulté, plus ou moins relevés, mais là où vraiment on a su que c'était le bon, c'est à ce passage curieux qu'a fait la mer au détour d'une vague, un grand moment de cascade passablement confus et furieusement secoué, là où probablement la masse entière d'un océan se vidange pour aller remplir l'autre... Et là, mes aïeux, quelle tempête !, quel sacré coup de Trafalgar !, à côté de ça les engueulades du père ou les réveils forcés, les affronts des renifleurs et autres indignités, même les coups de reins de la peur ou les pires scènes du Géricault, tout ça n'était rien à côté de ce coup de tabac-là. Le *Royal Combi Navigazione* s'emballant d'un coup dans la grande cuite, valsant nos petits destins comme on se balancerait les verres à table, nous jetant sur les parois comme on le ferait des bouteilles, le *Royal Combi* devenu parfaitement incontrôlable et fou, se déhanchant sans plus aucune grâce ni coordination, buté comme un bourrin qu'en aurait eu marre de nous avoir sur le dos, furieux têtu décidant de sa trajectoire sur le grand huit des flots, refusant d'entendre quoi que ce fût, refusant de s'asseoir et encore moins de s'arrêter.

Pendant plus de dix heures la mer nous a fait comme ça son vieux coup de vice, le coup facile de nous souffler sur la mèche jusqu'à épuiser le suif. Mais dans le genre flambeaux, le Combi a l'embrasement tenace, et quand bien même nous tremperait-on la bougie dans la sauce à Neptune pendant trois jours et trois nuits, ce n'est pas ça qui arriverait à nous éteindre. Passons sur les détails de la tempête proprement dite, parce qu'ils affoleraient l'émotif en plus de chavirer l'aoûtien, et que, au vu de ces séquences de parfaite horreur qu'on a endurées, ils invalideraient même jusqu'à l'idée de navigation.

C'est bien pour ça qu'une fois la côte en vue, la dernière vague à nous soulever fut de toutes la plus hystérique, la plus libératrice, un vrai coup de pur bonheur, le genre d'élan qui vous détend le corps entier et vous met le cœur en porte-voix... Parce que tout de même c'était pure grâce que de toucher enfin de la Californie, ne fût-ce que des yeux, c'était pure grâce que de l'entendre nous carillonner un angélus modeste tout pareil aux nôtres, signe, au passage, que c'était l'heure de passer à table.

Enfin on touchait de près ces rivages célestes, ces côtes enviées qui avaient fait le projet de nos ancêtres, d'ailleurs les parents, les frangins et même les sœurs, sous le coup sans doute d'une émotion trop forte, tous se mirent à partir dans le sanglot, versant de ces larmes sans liquide dont vous essore la joie, alors que moi, de mon côté – à croire sans doute que les nerfs me prennent tout autrement –, plutôt que de chialer comme tout le monde je basculai dans l'éclat, celui de l'irrépressible rire, fou de surcroît, celui-là même que l'on dit être du cétacé.

Il faut bien dire aussi qu'en terme d'émotion les gens d'ici y mettaient le paquet. Ainsi cet accueil royal que nous servaient tous les bateaux au moment de nous croiser, des francs bonjours qu'ils nous lançaient sous la forme du geste, des signes de bienvenue que nous signait l'autochtone, même pas jaloux de nous voir rentrer pénardement au port alors que lui-même en sortait pour aller travailler.

— Et alors, qu'est-ce qu'on leur répond ?, me lança le père, ne doutant pas une seconde qu'à titre d'instruit sur la facture des langues, je fusse avisé de l'idiome qui régnait par ici.

— Tout dépend si l'idée c'est de leur dire bonjour ou au revoir.

— Eh ben au revoir pardi, puisqu'eux autres ils s'en vont et que nous autres on arrive.

— Alors *kenavo* !

6393

Composition Chesteroc International Graphics
Achevé d'imprimer en Europe (France)
par Maury-Eurolivres à Manchecourt
le 4 novembre 2002.
Dépôt légal novembre 2002. ISBN 2-290-32062-5

Éditions J'ai lu
84, rue de Grenelle, 75007 Paris
*Diffusion France et étranger : Flammarion*